Oh du tödliche ...

Über die Autorinnen und Autoren

Die Autorinnen und Autoren dieser Krimi-Anthologie kommen aus dem gesamten deutschsprachigen Bereich: Deutschland, Österreich und Schweiz.

Sie alle haben sich in der #KrimiSchmiede zusammengefunden, einer Schreibgruppe auf Facebook, in der auch die Idee zu dieser Krimi-Anthologie geboren wurde.

Und so breit gestreut die diversen Wohnsitze sind, so breit gestreut sind auch der Erfahrungsschatz und die Erzählstile, weshalb jeder Krimi seine ganz persönliche und einzigartige Note besitzt.

Über die Herausgeberin

Rosemarie Benke-Bursian ist eine Autorin, die bereits in unterschiedlichen Genres veröffentlicht hat, darunter auch mehrere Krimis.

Seit vielen Jahren leitet sie diverse Schreibwerkstätten für Kinder, Jugendliche und Erwachsene, arbeitet als Autorencoach und freiberufliche Lektorin und hat 2019 die #KrimiSchmiede gegründet.

Über die #KrimiSchmiede

Die #KrimiSchmiede ist eine Arbeitsgruppe auf Facebook, in der sich alles ums Krimi schreiben, veröffentlichen und vermarkten dreht.

Oh du

tödliche …

Bibliografische Information der Deutschen Nationalbibliothek: Die Deutsche Nationalbibliothek verzeichnet diese Publikation in der Deutschen Nationalbibliografie; detaillierte bibliografische Daten sind im Internet über http://dnb.dnb.de abrufbar.

Impressum
Copyright © 2021 Rosemarie Benke-Bursian
1. Auflage

Cover: **Renee Rott, Dream Design – Cover and Art**

Herstellung und Verlag:
BoD – Books on Demand, Norderstedt

ISBN: 978-3-7526-8862-7

Inhalt

Was für ein Schatz!
Rosemarie Benke-Bursian

»Anja?«

»Hier bin ich.« Anja winkte, um Chris auf sich aufmerksam zu machen, der mal wieder davongeeilt war, obwohl sie vor der Auslage des Juweliers Krüger stehen geblieben war. Durch die weihnachtliche Dekoration schien der Schmuck noch einmal mehr zu leuchten.

»Ist sowieso zwecklos«, ertönte Chris' Stimme neben ihr. »Ich habe dein Weihnachtsgeschenk schon.«

»Deswegen darf ich doch trotzdem mal gucken«, sagte Anja. »Genau dafür haben wir uns doch verabredet. Um mal zu gucken.«

»Auf dem Weihnachtsmarkt haben wir gesagt. Nicht bei teuren Juwelieren.«

»Wenn er doch auf dem Weg liegt ... Sieh mal das Armband dort. Ist das nicht wunderbar? Würde das nicht genau zu meiner neuen blauen Bluse passen? Und ist gar nicht so teuer, neunhundertneunundneunzig Euro. Das ist genaugenommen sogar ein Schnäppchen für dieses Stück.«

»Vielleicht solltest du mal deine Brille aufsetzen. Dann würdest du sehen, dass da nicht drei, sondern vier Neuner stehen. Fast zehntausend Euro! Die Hälfte meiner Ersparnisse.«

Anja presste ihre Nase gegen die Scheibe. »Jetzt, wo du es sagst ...«

»Komm weiter. Wir wollten noch eine Kleinigkeit für meine Mutter aussuchen. Außerdem wird mein Bruder auch zum Festessen kommen.«

»Henning? Und das sagst du jetzt erst? Wieso denn?« Sie zog die Nase kraus. Das hatte ihr gerade noch gefehlt. Dieser Nichtsnutz von Bruder. Ein kurzes Zusammentreffen hatte ausgereicht, um ihn zu ihrem Lieblingsfeind zu machen. Und diese Antipathie beruhte auf Gegenseitigkeit.

»Meine Mutter hat ihn und mich quasi dazu überredet. Ich weiß, er ist etwas unkonventionell, aber trotzdem mag ich ihn.«

»Unkonventionell nennst du das? Er ist ein Spieler und wenn du ihm nicht immer wieder aus seiner prekären Lage heraushelfen würdest, wären deine Ersparnisse auch nicht so zusammengeschrumpft.«

»Um dir dann so ein Armband zu schenken?« Chris lachte.

Wütend entzog Anja ihm ihren Arm, den er genommen hatte, um sie vom Schaufenster fortzuziehen. »Es gibt keinen Grund, mich auszulachen.«

»Aber ich lache dich doch nicht aus. Selbst wenn ich doppelt und dreifach so viel hätte, wären zehntausend

Euro doch wohl ein bisschen viel für so ein Armband. Und überhaupt, wann wolltest du ein so teures Schmuckstück denn schon tragen?«

»Es gibt immer Gelegenheiten!« Anja steckte die Hände in die Manteltaschen und eilte mit großen Schritten davon. So zwang sie Chris dazu, ihr nachzulaufen, wenn er sie im zunehmenden abendlichen Gewühl nicht aus den Augen verlieren wollte.

»Meine Verehrung, schöne Frau«, sagte Henning und deutete eine Verbeugung an, die gerade noch als solche zu erkennen war. Die Arme hatte er dabei auf den Rücken gelegt, sodass Anjas ausgestreckte Hand ins Leere griff.

»Henning«, rief Chris und umarmte seinen Bruder. Dadurch drängte er Anja in den Hintergrund, die Henning gerade bitten wollte, nicht mit Schnee und Salz verunzierten Schuhen in die Wohnung zu trampeln,

Und schon war es zu spät. Henning stand bereits in der Wohnung, quetschte sich nach der Begrüßung seines Bruders auch noch unvermittelt an ihm und Anja vorbei, um die Arme nach seiner Mutter auszustrecken, die im Türrahmen zur Diele aufgetaucht war.

»Wieder mal kein Benehmen«, tadelte diese, nahm ihren Sohn aber dennoch kurz in den Arm. »Und nun zieh deine Schuhe aus, schau mal, was du angerichtet hast!«

»Oh sorry«, sagte Henning, schaute dabei aber nicht Anja, sondern seine Mutter an.

»Nicht so schlimm«, sagte Chris. Dann verschwanden alle im Wohnzimmer, während Anja Hennings Schuhe, unter denen sich eine große Pfütze auszubreiten begann, kurzerhand vor die Haustür stellte. Die Hand am Kinn betrachtete sie den schmutzigen Boden, den sie vor gut einer Stunde gewischt hatte.

Nun gut, wenn es nicht so schlimm war, musste sie es auch nicht wegputzen. Eigentlich war es ja auch Chris' Wohnung, nicht ihre. Obwohl sie vor einiger Zeit hier eingezogen war. Noch bevor sie seine Mutter und seinen Schmarotzer-Bruder kennengelernt hatte.

Das Weihnachtsessen verlief dann wider Erwarten recht fröhlich. Henning brachte seinen Bruder und seine Mutter immer wieder zum Lachen. Nur Anja schien aufzufallen, dass seine Kleidung noch schäbiger aussah als beim letzten Mal, dass er sich häufig umschaute und seine rechte Hand immer wieder leicht auf den Tisch klopfte.

Der will sicher wieder Geld, dachte sie. Doch sie sagte nichts, lachte mit, wenn es komisch war, und verzog den Mund zumindest zu einem künstlichen Lächeln, wenn sie es nicht witzig fand.

Schließlich bedankte sich Chris' Mutter überschwänglich für die Einladung, lobte das Essen und erwähnte dann mit einer kleinen Träne in den Augen, wie schade es doch sei, dass Chris' Vater das nicht mehr miterleben durfte.

»Ich schließe mich dem Dankeschön an«, sagte Henning und wischte sich mit seinem Hemdsärmel über seine fettigen Mundwinkel.

Angeekelt blickte Anja von ihm fort zu Chris.

Der wiederum verstand das offenbar als Signal und forderte alle auf, vom Esstisch ihn die Wohnecke zu wechseln, wo der geschmückte Christbaum stand. Chris knipste die Beleuchtung an und dann wünschten sie sich alle frohe Weihnachten. Nun reichte Henning auch Anja kurz die Hand. Dann tauschten sie Geschenke aus.

Henning hatte eine Flasche Rotwein für alle mitgebracht, die er kurzerhand auf den Wohnzimmertisch stellte. Chris Mutter schenkte ihren Söhnen je einen warmen Schal, in Anjas Päckchen war ein Halstuch eingewickelt.

Als alle Geschenke verteilt schienen, sich alle artig bedankt hatten und Anja sich anschickte, den süßen Nachtisch aus der Küche zu holen, schlug Chris klingend an sein Glas und alle waren augenblicklich mucksmäuschenstill, denn ganz offensichtlich hatte er etwas Wichtiges mitzuteilen.

»Liebe Mama, lieber Henning, aber vor allem meine liebe Anja«, begann er etwas unbeholfen. Seine Finger grabbelten dabei wie verzweifelt in seiner Hosentasche, gleichzeitig machte er einen Schritt nach vorne auf Anja zu, taumelte – hatte er etwa schon zu viel getrunken? – und stürzte nach vorn.

Gerade als Anja ihn stützen wollte, hatte er sich wieder gefangen, landete lediglich auf einem Knie. Aus dieser Position schaute er Anja ernst an und erst jetzt begriff sie, dass dieser Kniefall Absicht gewesen war, wenn auch in der Ausführung etwas ungeschickt. Wohl, weil Chris immer noch eine Hand in der Hosentasche stecken hatte, die er nun mühevoll herauszog. Im nächsten Augenblick hielt er ihr mit ausgestreckten Armen ein handtellergroßes Päckchen entgegen. »Meine allerliebste Anja, willst du meine Frau werden?«

Anja wurde erst rot, dann blass. Dann bekam sie keine Luft mehr. So musste sich sterben anfühlen. Ihre ganze vergangene Zeit mit Chris spulte sich in ihrem Hirn wie ein Film in Zeitraffer herunter: Ein attraktiver, athletischer Mann in ansehnlicher Position bei einer großen Optikfirma – früher nannte man so jemanden eine gute Partie – hatte ihr das Gefühl gegeben, das große Los gezogen zu haben. Eine unbeschwerte Zeit folgte und schließlich zog sie zu ihm.

Und lernte seine Mutter kennen, in deren Anwesenheit er immer ein bisschen zum Kind mutierte, später auch Henning, der sich immer wieder in finanzielle Notlagen brachte. Wenn Anja es richtig verstand, spielte er. Aber Chris schützte ihn, half ihm immer wieder auf die Beine und so machte Henning aus dem hoffnungsvollen jungen Mann an ihrer Seite im Nu das, was man wohl eher eine schlechte Partie nennen konnte.

Und genau da machte er ihr einen Heiratsantrag.

Anja klebte die Zunge am Gaumen, was es ihr unmöglich machte auch nur einen Ton zu sagen, geschweige denn, Chris eine Antwort zu geben.

Ihr Freund strahlte sie weiterhin erwartungsvoll an, öffnete die Schachtel und ... zum Vorschein kam kein Ring, sondern *das* Armband. Dasjenige, welches sie im Schaufenster angehimmelt hatte und das viel zu teuer war, als dass Chris es auch nur eines einzigen weiteren Blickes gewürdigt hatte.

Was für ein Schatz!

Ihre Zunge löste sich, sie konnte wieder atmen und im nächsten Moment auch wieder sprechen.

»Ja«, hauchte sie filmreif, dabei war das Hauchen tatsächlich echt, so sehr war sie beeindruckt.

Dafür hatte es nun Chris' Mutter die Sprache verschlagen, während ihre Augen übergroß wurden.

»Ist aber nicht echt, oder?«, fragte Henning.

»Aber natürlich ist das echt!«, schnaubte Chris entrüstet. »Hier, seht ihr? Das Zertifikat. Ich werde meiner Zukünftigen doch nicht mit billigem Schmuck kommen, wenn ich um ihre Hand anhalte!«

Seine Mutter schluckte. »Das muss ja ein Vermögen gekostet haben.« Ihre Stimme klang keineswegs freudig, nicht mal wohlwollend.

»Du spinnst«, sagte Henning und wandte sich ab.

Chris erhob sich endlich und blickte Mutter und Bruder finster an. »Das ist mein Geld und was ich damit mache, geht euch gar nichts an. Anja ist es mir jedenfalls wert!«

»Ich danke dir, mein Lieber«, sagte Anja. »Das ist das schönste Geschenk, das ich jemals erhalten habe.« Sie streckte ihm ihren linken Arm hin und Chris legte ihr das Schmuckstück an. Die Saphire und Brillanten glitzerten im Schein der künstlichen Kerzen vom Weihnachtsbaum um die Wette.

Dann fiel Anja ihrem Verlobten um den Hals und seine Mutter rang sich ein »Herzlichen Glückwunsch« ab.

»Darauf sollten wir anstoßen«, brummte Henning und öffnete just die Flasche Wein, die er zuvor als Geschenk abgestellt hatte.

Der Rest des Abends verlief dann mehr höflich als fröhlich, aber immerhin ohne Streitigkeiten, obwohl noch reichlich Wein floss.

Oder vielleicht gerade deshalb.

Schließlich fielen alle müde ins Bett. Chris Mutter im Gästezimmer, Henning auf der Couch im Wohnzimmer, Chris und Anja im Schlafzimmer.

Am ersten Weihnachtstag gingen alle zusammen essen, Anja trug stolz ihr Armband, die dazu passende blaue Bluse und eine edle schwarze Hose.

Wieder zu Hause gab es Kaffee und Kuchen und danach war das Armband weg.

»Was meinst du mit *weg*?«, fragte Chris irritiert. Seine Augen verrieten, dass er das, was Anja mit »weg« meinte, nicht wirklich verstand, nicht verstehen wollte.

»Ich habe es nur kurz abgelegt, als ich in der Küche hantiert habe. Damit ihm nichts passiert, ich nicht irgendwo hängen bleibe, es nirgends anschlägt ...« Anja schlug die Hände vors Gesicht. »Und als ich es eben wieder anlegen wollte, war es nicht mehr da.«

»Ach Blödsinn«, sagte Chris' Mutter. »Du hast wahrscheinlich nicht aufgepasst, wo du es wirklich hingelegt hast, oder es versehentlich runtergeworfen.«

»So wird es sein«, krächzte Chris. »Aus der Küche kann es ja nicht verschwinden.«

Danach suchten alle in der Küche nach dem Schmuckstück. Henning zog sogar die Schubladen auf, bis seine
Mutter missbilligend den Kopf schüttelte.

Das Armband blieb verschwunden.

»Bist du sicher, dass du es überhaupt in der Küche abgelegt hast?«, fragte Henning schließlich und schaute auf
die Uhr. »Tut mir leid, ich wollte eigentlich wieder los.«

»Du kannst doch jetzt nicht fahren?«, sagte Chris und
wirkte direkt verstört.

»Und bist du sicher, dass du es nicht gefunden hast?«,
fragte Anja zischend in Hennings Richtung.

»Was willst du damit sagen?«, fauchte Henning und
ballte eine Faust.

»Ruhe!«, schrie Chris' Mutter. »Vom Streiten kommt
das Armband auch nicht zurück! Und bitte Anja, halt dich
mit Anschuldigungen zurück.«

Anja schlug erneut die Hände vors Gesicht, ein lauter
Schluchzer drang durch ihre Finger, dann drehte sie sich
zur Tür, wollte hinausrennen.

Chris legte den Arm um sie. »Seht ihr nicht, wie ge-
stresst sie ist?«, sagte er.

»Das kommt davon, wenn man so teure Geschenke
macht«, sagte seine Mutter, »ich muss mich jetzt mal setzen.« Damit lief sie an ihnen vorbei ins Wohnzimmer.

»Wo sie recht hat, hat sie recht«, grummelte Henning
und folgte seiner Mutter.

»Es tut mir so leid«, sagte Anja und rieb ihre Nase an
Chris' Hemdkragen.

»Mir auch. Aber Henning hat ganz sicher nichts damit zu tun.«

»Dann müsste es ja irgendwo zu finden sein«, schniefte Anja.

»So ist es. Und deshalb taucht es auch früher oder später wieder auf.« Dann presste er die Lippen zusammen als glaube er selbst nicht an seine Worte.

Auf Bitten von Mutter und Bruder reiste Henning an diesem Tag nicht ab. Und auch nicht am nächsten, sondern beteiligte sich sogar daran, das ganze Haus zu durchsuchen. Ohne Erfolg.

Nach den Feiertagen meinte Anja, man müsse vielleicht doch die Polizei einschalten. Dabei schielte sie zu Henning.

»Wie bitte? Glaubst du etwa wirklich, jemand von uns hätte das Armband gestohlen?« Chris' Mutter schien so entrüstet, dass sie sich kurz ans Herz fasste und nach Luft japste.

»Mama, bitte, das ist nicht sehr hilfreich«, sagte Chris, eilte dann aber in die Küche, um ihr ein Glas Wasser zu holen.

»Ich lass mich hier nicht länger beschuldigen. Ich reise ab!«, rief Henning wütend.

»Ich habe dich ja gar nicht genannt«, sagte Anja.

»Ach? Hast du etwa an mich gedacht?«, fragte seine Mutter, griff sich erneut ans Herz und nahm dann mit einem »Danke« das Glas an, das Chris ihr gebracht hatte.

»Sie hat an mich gedacht«, sagte Chris und alle schauten mit großen Augen auf ihn. »War ein Scherz«, sagte Chris und kniff die Lippen zusammen.

Niemand lachte.

»Nur weil deine Tu...« Henning holte einmal tief Luft. »Verlobte nicht auf ihre Sachen aufpassen kann, stehen wir hier alle unter Generalverdacht. Das müssen wir uns doch nicht gefallen lassen«. Er war laut geworden und rannte nun im Zimmer auf und ab. »Und dass ich nicht abreisen darf, grenzt schon an Nötigung.«

»Wenn du wegfährst, weißt du, was passiert«, sagte seine Mutter und stellte das leere Glas auf dem Tisch.

»Natürlich. Dann werde ich zum Hauptverdächtigen und die da ...«, er zeigte auf Anja, »rennt dann wirklich zur Polizei.«

»Was dir aber nichts ausmachen sollte, wenn du nichts zu verbergen hast«, sagte Chris.

»Wie bitte? Machst du mich jetzt etwa auch noch an?« Henning sah Chris mit gleichzeitig empörtem wie enttäuschtem Blick an. Dann lief er aus dem Zimmer und kurz darauf knallte die Haustür zu.

»Ist er jetzt tatsächlich gegangen?«, fragte Anja.

»Der kommt schon wieder«, sagte Chris' Mutter und schloss die Augen. »Ich brauche ein bisschen Ruhe.«

»Und ich muss einkaufen gehen«, sagte Anja. »Ich hatte ja nicht damit gerechnet, dass wir jetzt noch Gäste haben.«

»Wir können auch beide abreisen«, rief Chris' Mutter. »Was geht uns dieses blöde Armband überhaupt an?«

»Bitte Mutter, reg dich nicht auf. Anja hat es doch nicht böse gemeint. Sie freut sich, wenn ihr bleibt.« Chris seufzte. »Ruh dich aus. Ich suche noch ein bisschen. Ich glaube, in der kleinen Abstellkammer haben wir noch nicht nachgeschaut.«

»Abstellkammer? Wie soll es denn dahin gekommen sein?«, fragte Anja, ging in die Küche, musterte die Vorräte und verließ das Haus.

Chris' Mutter und Henning blieben. Die Mutter schnitt den Staubsaugerbeutel auf, schüttete den Inhalt auf Zeitungspapier, Henning schraubte das Abflussrohr von der Spüle ab, nachdem Chris ihm ein paar Scheine zugesteckt hatte, und nach einer kleinen Zulage auch noch die der anderen Waschbecken. »Deine Toilette baue ich aber nicht aus«, sagte er danach.

Am Ende der Woche war die Stimmung auf dem Tiefpunkt. Das Armband war und blieb verschwunden und inzwischen hatte bald jeder reihum jeden verdächtigt.

Von Vorfreude auf eine Hochzeit war man so weit entfernt wie der Nord- vom Südpol.

Silvester stand vor der Tür, keiner hatte richtig Lust zu feiern und dann hockten sie doch zusammen und tranken eine Flasche nach der anderen, bis jeder dort einschlief, wo er gerade saß.

Am Neujahrstag verkündeten Henning und seine Mutter, dass sie, wenn gewünscht, am nächsten Tag noch einmal eine gründliche Hausdurchsuchung mitmachen, am darauffolgenden Tag dann aber wirklich abreisen würden, Armband hin oder her.

Anja brachte erneut die Polizei ins Spiel, damit niemand das Armband außer Haus tragen könne, woraufhin Henning fast hysterisch lachte und sagte, dass ja wohl mittlerweile jeder dazu mehr als genug Gelegenheit gehabt hätte.

Die Hausdurchsuchung sollte diesmal ganz systematisch durchgeführt werden. Am Vormittag saßen sie zusammen und jeder bekam einen Raum zugeteilt, alle zwei Stunden sollte gewechselt werden, so dass jeder jeden Raum einmal gründlich durchgesehen hätte.

Nur Anja klinkte sich einmal mehr aus, um Einkäufe zu machen und um im Auftrag von Chris zur Bank zu gehen. Der lange Besuch hatte einige zusätzliche Kosten verursacht.

Schließlich kam der Morgen, an dem Henning und seine Mutter ihre Sachen packten. Anja und Chris halfen dabei, die inzwischen überall verstreuten Sachen seiner Mutter zusammenzutragen. Sie hatte die Angewohnheit, an jedem Sitzplatz eine Jacke hängen zu lassen. Für alle Fälle, falls es ihr zu kalt wurde. Dann konnte sie schnell in eine hineinschlüpfen, ohne aufstehen zu müssen.

»Hier am Erkerfenster ist noch ein Brillenetui von ihr«, sagte Chris und griff danach.

»Und die dicke Wolljacke«, sagte Anja, nahm sie in die Hand, schlug sie einmal kurz auf und – mit einem lauten KLING fiel etwas auf den Fliesenboden.

Chris, der gerade das Brillenetui geöffnet hatte, verharrte in seiner Bewegung wie schockgefroren.

Anja öffnete den Mund, doch bevor sie etwas sagen konnte, ertönte eine Stimme: »Was steht ihr denn da herum wie die Ölgötzen?«

Chris' Mutter war in den Raum gekommen, hinter ihr erschien Henning.

»Da ist es«, flüsterte Chris.

Seine Mutter kam näher und schaute auf den Boden. »Ach, ist das nicht das verschwundene Armband? Wie kommt das denn jetzt hierher?«

»Das ist gerade heruntergefallen«, sagte Anja. »Als Chris das Brillenetui aufgemacht hat.«

»Als du die Jacke ausgeschüttelt hast«, sagte Chris.

»Von was redet ihr denn?«, fragte Chris' Mutter, bückte sich und hob das Armband auf.

»Dass es bei deinen Sachen war, Mama.«

»Wie bitte?«

»Es ist aus dieser Jacke gefallen, Mama!« Chris deutete auf die Wolljacke in Anjas Hand.

»Oder aus dem Brillenetui«, sagte Anja.

»Was für ein Unsinn«, schimpfte die Mutter. »Wie soll es denn in meine Jacke oder mein Brillenetui gekommen sein? Da müsst ihr euch getäuscht haben. Das ist von irgendwo anders heruntergefallen.«

»Von wo denn? Von der Decke vielleicht?«, fragte Chris

Seine Mutter schaute nach oben.

»Na ja, von dort vielleicht nicht. Aber die Spinnweben könntet ihr auch mal wieder wegmachen.«

»Mama!«

»Du willst doch wohl nicht allen Ernstes behaupten, dass unsere Mama das Armband eingesteckt hat!«, schrie Henning.

»Vielleicht aus Versehen?«, meinte Anja. »In Gedanken? Hast es vielleicht gefunden, eingesteckt und dann vergessen?«

»Bin ich etwa senil, oder was?« Böse funkelnd sah Chris' Mutter Anja in die Augen.

»Nein. Du hast recht. Senil bist du nicht«, sagte Anja und schaute zu Henning.

Der wich zurück. »Was glotzt du jetzt mich an? Ich war das auch nicht.«

»Und wieso verteidigst du dich, obwohl dich niemand angeschuldigt hat?«, fragte Anja.

»Du beschuldigst mich doch schon die ganze Zeit!«.

»Es wird vor allem Zeit, dass wir abreisen«, rief die Mutter. »Das Armband ist wieder da, alles andere ist jetzt egal. Und gebraucht werden wir auch nicht mehr. Komm Henning!«

Sie streckte Anja das Armband entgegen, wobei sie es wie automatisiert leicht in der Hand wog, zuckte, zog die Hand zurück, drehte das Armband nach innen und hielt es sich dicht vor die Augen. »Das ist ja doch nicht echt!«, sagte sie. »Pff! Und dafür so ein Theater. Also so was. Mir reicht es jetzt.« Sie ließ das Armband in Anjas immer noch ausgestreckte Hand gleiten. »Und von dir bin ich jetzt auch sehr enttäuscht!« Sie sah Chris an, schüttelte heftig den Kopf und blies die Luft zwischen den Zähnen aus.

»Wie bitte? Was redest du denn? Ich habe euch doch sogar das Zertifikat gezeigt!« rief Chris.

»Das ist leicht wie Blech und hat nicht mal einen Stempel«, sagte seine Mutter.

»Das kann nicht sein«, rief Anja und drehte das Armband in ihrer Hand.

Chris rannte zum Sideboard, auf dem noch immer die Schmuckschachtel lag, klappte sie auf und drehte sich zu ihnen um: »Das Zertifikat ist weg.«

»Das wird ja immer schöner«, rief Henning. »Mama, die verarschen uns. Vielleicht war es sogar deshalb verschwunden, damit wir nichts merken. Das war nie echt.«

»Oder ...«, er blickte Anja scharf an, »... damit wir für einen Schaden aufkommen, den es nie gegeben hat! Deshalb auch die Drohung mit der Polizei.«

»So eine Frechheit«, rief Anja und suchte das Armband mit ihren Augen ab. »Es hat wirklich keinen Stempel.«

»Das Armband war echt«, flüsterte Chris und sank in den nächstbesten Sessel. »Ich schwöre es.«

»Und jetzt hat es sich, schwuppdiwupp, in ein unechtes verwandelt?« Sein Bruder lachte.

»Aber das Zertifikat ...«, sagte Chris.

»Geh mir fort mit dem Zertifikat«, rief Henning. »Wer hat es richtig gelesen? Gab es das überhaupt?«

Niemand antwortete.

Anja blickte Chris an und sog hörbar die Luft ein. »Hast du es vielleicht verschwinden lassen, damit deine Mutter mich nicht drauf bringt, dass es unecht ist?«

»Waaaas? Ja spinnt ihr denn jetzt alle?« Chris lief rot an, ging im Zimmer auf und ab und raufte sich die Haare.

Henning schüttelte den Kopf und feixte: »Was für eine Familie. Aber zum Glück bin ich ja jetzt aus dem Schneider.«

»Von wegen!« Chris sprang auf und packte ihn am Kragen seines Polohemdes. »Hast du etwa ein billiges Imitat anfertigen lassen, um das echte zu Geld zu machen? Und hast es dann Mama in die Jacke gesteckt?«

»Lass – *so–fort* – deinen Bruder los! Sonst vergesse ich mich!«, zischte seine Mutter, nahm einen Kerzenständer und schlug Chris damit auf den Rücken.

Chris fuhr zu ihr herum. »Wusstest du etwa Bescheid?«

»Bescheid über was?« Seine Mutter ließ die Hand mit dem Kerzenständer sinken.

»Aber *du* glaubst mir doch, oder?«, wandte sich Chris an Anja.

»Ich weiß gar nicht mehr, was ich glauben soll«, erwiderte diese tonlos.

Henning zupfte seine Kleidung zurecht. »Ihr seid doch alle komplett bescheuert! Vielleicht bist du ja auch einfach einem Schwindler aufgesessen, Bruderherz. Daran schon mal gedacht?«

»Doch nicht in einem Juwelierladen!« Chris' Stimme überschlug sich. »Wenn ich betrogen worden bin, dann doch von dir. Oder von dir?« Mit wildem Blick sah Chris von seinem Bruder zu seiner Mutter, die daraufhin die Hand mit dem Kerzenleuchter wieder erhob. Sie sah aus, als fürchte sie sich vor ihrem eigenen Sohn. »Bleib mir vom Leib!«, kreischte sie und trat einen Schritt zurück, als Chris einen auf sie zumachte.

»Lass Mutter in Ruhe«, hörte Anja Henning schreien, als sie aus dem Zimmer eilte. »Ich brauche dringend frische Luft«, murmelte sie, doch niemand schien auf sie zu achten. Während sie sich Schuhe und Mantel anzog, nahm das Geschrei hinter ihr zu. Es folgte ein dumpfer Schlag, etwas schlug auf dem Boden auf und danach folgte eine Stille, die erst durch das Krachen der Haustür zerrissen wurde. Anja stand auf der Straße und lief los. Weg von dem Haus, von Chris, von seiner Familie und von dem, was sich hinter ihrem Rücken Schreckliches abgespielt haben mochte.

Am Bahnhof angekommen ließ ihre Anspannung nach. Was für eine Fügung, dass Chris ihr – ohne es zu wissen – mit dem Armband dieses tolle Abschiedsgeschenk gemacht hatte. Obwohl ihr das Herz blutete, als sie es zurücktauschte. Auch der Juwelier staunte nicht schlecht, doch glaubte er ihr schließlich die Geschichte mit dem schrecklichen Autounfall und dem dringend benötigten Geld. Und schließlich war Weihnachtszeit, weshalb er sich auch auf die Anfertigung eines Imitats einließ, das Anja sich nicht verkneifen konnte, und es ihr dann sogar mit den besten Wünschen zu einem Spottpreis überließ. Und das ihr nun auch noch so gute Dienste erwiesen hatte. Besser hätte sie es sich nicht aussuchen können. Chris würde denken, sie hätte ihn verlassen, weil sie ihm die Armbandgeschichte übel nahm. Und wer weiß, vielleicht schlugen sie sich ja gerade wirklich gegenseitig die Köpfe ein.

Sie schüttelte sich kurz, dann musste sie kichern. Was immer in dieser grässlichen Familie noch passierte, niemand würde nach ihr, Anja, suchen. So gesehen nicht ihr schlechtester Clou.

»Na mein Herz? Alles gut gegangen?« Tom stand hinter ihr und zog sie an sich. »Hast du deinem schrecklichen Vater entkommen können?«

»Ja. Mit Mühe und Not«, sagte Anja. »Und es wäre gut, wenn wir schnell von hier verschwinden könnten, bevor er mich doch noch aufspürt. Leider habe ich aber keinen einzigen Cent mitnehmen können ...«

»Ach, das macht doch nichts«, erwiderte Tom, den sie – wie zuvor schon Chris und seine Vorgänger – über ein Internetportal kennengelernt hatte. Als einziger Sohn trat er nun, nach dem Tod seines Vaters, das Familienerbe in Spanien an und war genau das, was man früher eine gute Partie genannt hätte.

Sie strahlte ihn an. »Was bist du doch für ein Schatz!«

Tödliche Türchen

Karin Büchel

Es war der 30. November. Ein Blick in den Spiegel zeigte, dass ich noch immer tadellos aussah, obwohl ich die Fünfzig bereits überschritten hatte. Die ersten grauen Haare waren kein Problem, schließlich gab es eine Auswahl exzellenter Colorationen. Das bisschen Orangenhaut an den Oberschenkeln verschwand unter blickdichten Strumpfhosen und mein Zahnarzt leistete tolle Arbeit. Die paar Pfunde, die mich von einer Idealfigur trennten, störten nicht und für alle anderen kleinen Wehwechen gab es hervorragende Salben, Pillen und Kosmetikartikel.

Nur die kleinen Fältchen an den Augen machten mein Gesicht zwar durchaus attraktiv, doch zeugten sie auch von meiner inneren Unzufriedenheit. Meinen Sorgen und Problemen, die ich in mir herumschleppte und über die ich mit keinem reden konnte. Oder wollte.

Sie hießen Karl Uwe.

Alles könnte bestens sein, wäre ..., ja wäre ich nicht von Karl-Uwe so genervt gewesen.

Nein!

Das Wort ›genervt‹ trifft es nicht. Ich war am Anschlag meiner Gefühlswelt. Jede seiner Bewegungen, jeder Satz von ihm, jede noch so kleine körperliche Annäherung brachte mich zum Wahnsinn. Ich spürte nur noch Aggression, Wut und Zorn in mir, allein wenn ich ihn nur anschaute. Dieses Gefühl zersprengte meinen Körper. Quälte mich, zerfraß mich von innen.

Dabei konnte ich noch nicht einmal sagen, was mich genau störte. Es war einfach alles. Sein Aussehen, seine Art zu reden, zu atmen, sich zu bewegen, zu rauchen. Seine Trägheit und Lethargie sowie seine Vorliebe, nein, Besessenheit, für Berichte und Dokumentationen über die Tierwelt.

Mein Mann, Karl-Uwe, und ich waren zwanzig Jahre verheiratet. Am 22. November hatten wir unseren Hochzeitstag gefeiert.

Na ja, was heißt gefeiert. Auf mein Bitten hin hat Karl-Uwe am frühen Abend eine Flasche Champagner geöffnet.

»Gibt es etwas zu feiern?«, fragte er und schaute mich an. Wie ein Erdmännchen. Die schauen auch immer so unschuldig.

Ich presste meine Lippen aufeinander, unterdrückte die aufsteigenden Tränen, legte die Stirn in Falten und murmelte: »Hochzeitstag.«

»Ach ja, stimmt!« Er fletschte mit den Zähnen, schüttete Champagner in die Kelche und zündete sich eine Zigarette an. »Ein Prost auf die nächsten Jahre!«, brummte er teilnahmslos, trank den Champagner mit einem Schluck aus, rülpste und wendete sich dem Bildschirm zu, auf dem ein Tierfilm zu sehen war.

Ich nippte an dem Kaltgetränk, ballte meine Hände zu Fäusten, so dass sich die Fingernägel in die Handflächen bohrten und schloss die Augen. Da war sie wieder. Diese Wut, die in mir hochkochte. Oh, wie ich meinen Mann in diesem Moment hasste. Ich wollte schreien, ihn an den Schultern packen und schütteln, ihm sagen, wie sehr mich seine Gleichgültigkeit kränkte. War ich ihm so egal, fragte ich mich? Verstohlen wischte ich die Träne von der Wange, die zwischen den Wimpern hindurch lief und dachte an unsere erste, gemeinsame Zeit.

Der Beginn unserer Ehe war ein Traum gewesen. Fünf Jahre lebte ich wie in einem Paradies. Ein Himmel auf Erden. Karl-Uwe trug mich auf seinen smarten Händen. Las mir jeden Wunsch von den Lippen ab. Luxus par excellence, Traumreisen bis ans andere Ende der Erde, edler Schmuck vom Feinsten und natürlich vom Teuersten und vier Kleiderschränke reichten bei weitem nicht aus, um alle Klamotten ordentlich zu verstauen. Ganz zu schweigen von der großen Auswahl meiner Schuhe.
Jede Frau in meinem Bekanntenkreis beneidete mich. Vor allem meine Freundin Cordula konnte es nicht lassen, Sätze wie »Schon wieder im Flieger gewesen?« oder »Die Anzahl deiner Schuhe übersteigt die Höhe des Himalayas« zu sagen.
Ich liebte Karl-Uwe mit jeder Faser meines Herzens. Ich sehnte mich nach seinem Körper, seinem Geruch und

seiner Zärtlichkeit. Nach seinem so zarten Händen und seinen gierigen Lippen. Sowie nach seiner Großzügigkeit.

Doch kein Glück der Welt hält ewig. So auch unseres nicht. Karl-Uwe hatte eine Affäre. Ich erfuhr es durch Zufall von meiner Nachbarin, für die ich immer die Pakete annahm, wenn sie auf Reisen war. Sie erzählte es mir so ganz nebenbei, als sei es das Selbstverständlichste der Welt. Er hatte eine Affäre mit meiner allerbesten Freundin. Mit Cordula.

Ich fiel damals aus allen Wolken. Warum ausgerechnet Cordula, fragte ich mich? Cordula hatte weder eine gute Figur noch ein hübsches Gesicht. Cordula trug am liebsten Schnürschuhe und Bundfaltenhosen. Cordula lachte viel zu laut, konnte nicht backen und liebte Goldfische.

Ich wollte nur noch sterben. Mich vor einen Zug werfen. Ich wollte mich mit Tabletten ins Jenseits befördern und mir mit dem Fleischermesser die Pulsadern aufschneiden.

»Warum?«, schrie ich wütend. »Warum soll ich gehen und das Feld einer anderen Frau überlassen?«

Eigentlich ging es mir doch gut. Eigentlich ... wenn man von der misslichen Situation mit meinem Mann absah. Von meinem brachialen Gefühlschaos, seiner Affäre, unseren Eheproblemen und der Eiseskälte zwischen uns.

Ich hatte alles. Und Karl-Uwe lag mir zu Füßen. Wurde zu Wachs in meinen Händen, seit er wusste, dass ich hinter seine Affäre gekommen war. Er verwöhnte mich noch mehr, schüttete mich mit Edelsteinen und Klunkern zu. Wollte mich auf keinen Fall verlieren. Tausendmal sagte er die Worte: »Du bist mein bestes Stück im Haus!«, und dass Cordula nur eine vorübergehende Laune gewesen wäre. Eine »Eintagsfliege« nannte er sie. Eine kleine Abwechslung, mehr nicht.

An jenem 30. November vor einigen Jahren saß ich in unserer Küche und nippte an dem Schaum meines Cappuccinos.

Ich sah Karl-Uwe durch den Türspalt im Wohnzimmer. Er saß in seinem geliebten Ohrensessel, an dem der dunkelgrüne Samtstoff bereit abgewetzt und zerschlissen war. Wie immer hatte er seinen Kopf auf seine rechte Hand gestützt und strich sich mit den Fingern der Linken über sein fliehendes Kinn, welches mittlerweile übergangslos in ein Doppelkinn überging.

Widerlich, dachte ich so bei mir. Und dann seine dicken Siegelringe an Mittelfinger und Ringfinger. Die Finger waren eklig gelb vom Qualm unendlich vieler gerauchter Zigaretten.

Er nahm sich eine Salzstange aus der vor ihm stehenden Packung und biss mit seinen leicht schrägen Schneidezähnen ein kleines Stückchen ab, kaute mindestens fünf mal darauf herum, bis er wieder in diese Salzstange biss. Diesen Vorgang wiederholte er so lange, bis sie aufgegessen war, dann strich er sich wieder über sein fliehendes Kinn und nahm sich eine neue Salzstange.

Ich schüttelte mich.

Mein Gott, wie mich das quälte. Wie mich das schmerzte. Aber eine Lösung war nicht in Sicht.

»Karl-Uwe, ich gehe jetzt auf den Weihnachtsmarkt. Die Buden sind schon geöffnet. Kommst du mit?«

Da ich die Antwort kannte, bevor er antwortete, war ich nicht erstaunt als er sagte: »Nein, ich sehe mir einen Tier-film an. Gehe alleine. Kauf dir etwas Schönes.«

Rasch warf ich mir den warmen Poncho über, nahm die neuen Lederhandschuhe und die passende Handtasche und verließ das Haus.

Ich liebte Weihnachtsmärkte. Diese wunderbare Atmosphäre von Traditionellem, Romantischem und Außergewöhnlichem, die herrlichen Düfte von Spekulatius, Honigprinten und gebrannten Mandeln. Von Glühwein, Lebkuchen und Bratwürsten. Ich liebte dieses Winterwunderland. Die weihnachtlichen Klänge, den zauberhaften Lichterschmuck, die Hektik und den Kitsch.

Der Stand mit den Weihnachtsgewürzen hatte es mir besonders angetan. Hunderte von Gläsern, Tüten, Fläschchen und Stövchen standen in den Regalen und jedes duftete intensiver, extravaganter, interessanter, als das vorherige.

Anis, Koriander, Muskatnuss, Zimt standen neben Vanille, Piment, Nelken und exotischen Tonkabohnen. Wie benebelt blieb ich stehen und schaute der Betriebsamkeit zu. Und dann sah ich, ganz am Ende des obersten Regals, ein kleines, bauchiges Fläschchen. Es sah fast aus wie ein Flacon.

»Was ist denn das für ein Gewürz?« Ich schaute die quirlige, etwas pralle Verkäuferin fragend an.

»Das ist ein ganz besonderes Gewürz. Eine geheime Mischung und hilft gegen alle Probleme des Alltags. Man muss nur daran glauben!« Sie lächelte mir zu.

»Oh, wie schön, dass es so etwas gibt«, antwortete ich und ging dann mit einem kurzen Gruß weiter.

Neben der Glühweinbude entdeckte ich den Stand, der, in meinen Augen, die schönsten Adventskalender der ganzen Stadt hatte. Jeder Kalender war ein Unikat. Jeder Kalender hatte hinter seinem Türchen etwas Besonderes versteckt. Nicht nur süße Leckereien. Nein! - Auch kleine Stücke Seife, Schnapsfläschchen, Minipralinés, Gewürztöpfchen und kleine herzhafte Delikatessen.

Herrlich.

Begeistert kaufte ich mir den Kalender, auf dem das »Bonner Münster« unter einer Schneedecke zu sehen war. In Bonn hatte ich vor Jahren ein paar Semester studiert. Ich liebte diese Stadt. Nicht zu groß, lebendig und kulturell ein Juwel. Es war ein reizendes Bild und erinnerte mich an die Zeit, als ich Karl-Uwe kennengelernt hatte. Er war ein durchgeknallter Chemiestudent, in den ich mich Hals über Kopf verliebt hatte. Wir sind durch die Bonner Diskotheken gezogen und haben die Nacht zum Tage gemacht.

Ja, diesen Kalender würde ich ihm zum ersten Advent schenken.

Ich weiß nicht, was es war, aber irgendetwas drehte sich in diesem Moment in meinem Gehirn anders als sonst. Meine Synapsen schienen Achterbahn zu fahren. Ich ließ es zu.

Ich hatte eine Idee! Eine wahnsinnige, ja heimtückische Idee!

Aber vorher wollte ich mir noch das kleine Gewürzfläschchen kaufen, das angeblich gegen alle Probleme des Alltags helfen sollte.

Eilig steuerte ich noch einmal den Gewürzstand an. Die Verkäuferin erinnerte sich sofort an mich.

»Na, möchten Sie doch etwas kaufen?«

»Ja, eigentlich schon.« Ich verharrte einen Augenblick. »Mich interessiert das Fläschchen dort oben in ihrem Regal. Das mit dem ganz besonderen Gewürz.«

»Das ist eine gute Wahl.« Die Verkäuferin lächelte mir zu und ich nahm die besondere Gewürzmischung und stellte sie vorsichtig in meine Handtasche. Ein Gewürz, das die Sorgen des Alltags vertreiben sollte. Wie wunderbar!

Auf dem Heimweg schnüffelte ich an der Gewürzmischung und war wie benommen. Sollte ich vielleicht Karl-Uwes Mittagessen mit einer gehörigen Portion dieses Gewürzes aufpeppen? Vielleicht würde er dann merken, dass ich auch noch da war.

Oder sollte ich gar ... meine Gedanken fegten durcheinander.

Sollte ich Karl-Uwe vielleicht sogar mit irgendeinem Pülverchen aus dem Leben hieven? Ich musste über mich selbst grinsen. Solch abartige Ideen in meinem Kopf ließen mich für einen Moment erschauern. Doch wirklich nur ganz kurz, denn eigentlich fand ich die Idee an sich reizvoll: Karl-Uwe sanft, aber endgültig zu beseitigen. Aber wie? Womit?

Zu Hause brühte ich mir erst mal einen Kräutertee auf und ließ meinen Gedanken freien Lauf.

Gift!

Ja! Das war die Lösung.

Karl-Uwe saß vor dem Fernseher und beachtete mich nicht. Ich setzte mich an mein Laptop und gab die Worte ein, die mir im Kopf herumschwirrten: ›tödliches Gift‹, ›einfache Handhabe‹.

Und siehe da. Toxine in Hülle und Fülle. Na ja, nicht ganz, aber das Gift, was mich interessierte, war mit einem Klick zu bekommen. Flüssig, geruchslos und tödlich!

Perfekt!

Keine drei Tage später brachte der Postbote meine bestellte Ware. Ein kleines Fläschchen mit einer dunkelbraunen Substanz. Ich drehte und wendete es vorsichtig zwischen meinen Fingern. Sie zitterten leicht und ehe ich es fallen ließ, versteckte ich es in unserem Küchenschrank.

Meinen Plan fest im Kopf besorgte ich mir am nächsten Tag in der Apotheke eine kleine Spritze.

Zu Hause zog ich die Spritze vorsichtig mit der toxischen Substanz auf und öffnete ein Türchen des Kalenders, in der Hoffnung, ein Schnapsfläschchen zu finden. Vierzehn Türchen musste ich öffnen, bis ich tatsächlich eines fand.

Dann ging es sehr schnell: Flasche öffnen, Gift hinein spritzen, zudrehen, wieder zurück in den Kalender und alle Türchen vorsichtig schließen. »Merkt Karl-Uwe sowieso nicht«, murmelte ich grinsend vor mich hin. Dafür war er viel zu desinteressiert an diesem Advent-Zinnober.

Dann trippelte ich ins Wohnzimmer.

»Schau mal, Karl-Uwe, ich habe ein Geschenk für dich.« Ich zeigte ihm den Kalender. »Ab morgen darfst du jeden Tag ein Türchen öffnen. Ich hänge ihn in die Küche. Neben den Kühlschrank.«

»Mm. – Schön!« Mehr kam nicht aus Karl-Uwes Mund. Was ich auch nicht erwartet hatte.

Am nächsten Tag ging es los.

Mein Mann öffnete tatsächlich das erste Türchen. Ein Brillenputztuch.

Na ja. Ich grinste. Konnte man ja immer gebrauchen.

In den nächsten Tagen folgten eine kleine Dose Leberpastete, ein Duftflacon für Herren, ein Feuerzeug und diverse andere Kleinigkeiten.

Endlich, am vierzehnten Tag, kam das von mir präparierte Schnapsfläschchen.

Aufgeregt beobachtete ich ihn aus dem Augenwinkel.

»Endlich mal etwas Vernünftiges«, rief Karl-Uwe und öffnete es. Den Inhalt kippte er sich hastig in den Hals.

Ich stand neben ihm. Beobachtete ihn genau.

»Außergewöhnlich lecker!« Karl-Uwe lächelte mir zu und ging ins Wohnzimmer, um dort den nächsten Tierfilm zu schauen.

Ich atmete tief durch und wartete.

Fast zwei Stunden vergingen. Nichts passierte. Aber dann:

»Was ist das denn? Mein Mund ist ganz trocken. Meine Zunge wie gelähmt. In meinem Rachen brennt es wie Feuer. Bring mir Wasser. Schnell.«

Ich lief und tat das von mir Geforderte. Hatte meinen Mann genau im Visier.

»Geht es wieder besser?«, fragte ich.

»Mir ist übel. Ich glaube, ich muss mich übergeben.« Karl-Uwe sprang aus seinem Sessel. Gekrümmt vor Schmerzen lief er ins Bad.

»Es wirkt«, sprach ich mit mir selbst.

Karl rief ich ein »Brauchst du noch etwas? Kann ich dir helfen?« hinterher.

Doch Karl-Uwe legte sich in sein Bett. Bis zum nächsten Morgen hatte ich ihn dann nicht mehr gesehen, denn wir schliefen seit geraumer Zeit in getrennten Schlafzimmern. Ich würde zu laut schnarchen, meinte mein Göttergatte. Er könne nicht entspannen, wenn ich neben ihm schliefe.

Kaum war es sechs Uhr früh, hörte ich ihn im Bad rumoren. Ich wusste, dass das Gift nicht sofort wirken würde, aber vielleicht wirkte es gar nicht oder Karl-Uwe war resistent dagegen.

Es war ein anstrengender Tag. Karl-Uwe lag entweder im Bett oder saß in der Küche, jammerte über Bauchschmerzen, Herzrasen, Erbrechen. Er schlürfte literweise Kamillentee, lutschte Traubenzucker und knabberte Zwieback.

Ich ließ ihn nicht aus den Augen, versorgte ihn so gut es ging, aber es geschah nichts. Meine Hoffnung schwand dahin.

In der darauf folgenden Nacht hörte ich keine Geräusche. Weder aus dem Bad noch aus seinem Schlafzimmer. Er schien zu schlafen. Tief und fest. Ich konnte kein Auge zumachen.

Was hatte ich getan?

Die winterliche Morgensonne schien durch das Schlafzimmerfenster und ich lauschte.

Was war mit meinem Mann?

Vorsichtig betrat ich seinen Schlafraum. Karl-Uwe lag im Bett. Die Decke bis unter die Nasenspitze hochgezogen.

Ich strich mit der Hand über seinen Kopf und spürte eine Kälte, die mich erschauern ließ.

Vorsichtig tastete ich nach seinem Puls, doch ich konnte nichts fühlen.

Das Gift hatte gewirkt.

Mein Kopf brummte. Mein Herz schlug wie wild. Meine Finger zitterten.

Ich wählte die Nummer des Notarztes.

Keine zehn Minuten später untersuchte der Arzt Karl-Uwe und konnte nur noch seinen Tod feststellen. Sein Kreislauf sei anscheinend zusammengebrochen, sagte er. Herzversagen folgte und dann der Tod.

»Mein Beileid«, flüsterte er und gab mir die Hand.

Ich starrte ihn mit weit aufgerissenen Augen an.

Und plötzlich konnte ich mich nicht mehr halten, ließ meinen Tränen freien Lauf. Alles brach aus mir heraus. Die Anspannung entwich meinem Körper. Die Angst, ob alles ohne Komplikationen verlaufen würde, die Erleichterung über seinen Tod und die Freude über die neu gewonnene Freiheit.

»Ich gebe Ihnen etwas zur Beruhigung«, hörte ich den Arzt sagen. Doch ich schüttelte den Kopf.

»Es geht schon«, stieß ich hervor.

Der Arzt verließ das Haus. Karl-Uwe wurde von zwei Mitarbeitern des Beerdigungsunternehmens hinausgetragen.

Ich war alleine.

Alleine mit meinen Gedanken. Mein Gewissen meldete sich. War es richtig, was ich gemacht hatte? Hätte ich ihn nicht einfach verlassen können? Oder die Scheidung einreichen?

Ich hatte einen Menschen getötet. Einen Menschen, den ich einmal über alles geliebt hatte.

Und was heißt schon, neu gewonnene Freiheit?

Mir ging es körperlich und seelisch nicht gut nach dem Tod meines Mannes.

Es war wieder der 30. November. Ein Jahr später.

Ich spazierte über den wunderbaren Weihnachtsmarkt unserer Stadt. Lauschte den weihnachtlichen Klängen, probierte selbstgebackene Spekulatius, schlürfte heißen Glühwein und kaufte einen der wunderschönen Adventskalender. Diesmal war die verschneite Landschaft des Siebengebirges zu sehen.

Ganz kurz musste ich an Karl-Uwe denken. Aber nur kurz. Denn ihn und seine geliebten Tierfilme vermisste ich in keiner Weise.

Langsam schlenderte ich in Richtung Gewürzstand. Der feine Geruch von Sternanis vermischte sich mit dem intensiven Geruch von Piment.

»Guten Tag, die Dame! Auf der Suche nach etwas Besonderem?« Die resolute Bedienung zwinkerte mir zu.

Ich erkannte sie natürlich sofort. Aber konnte sie sich wirklich an mich erinnern? »Kaum«, sagte mir meine innere Stimme.

Ich kaufte ein Fläschchen mit einem besonderem Gewürz und verließ den Gewürzstand ohne einen weiteren Gruß.

Die Gedanken in meinem Kopf drehten sich. Mein Herz fing an zu hämmern.

Ein Jahr war vergangen. Ein Jahr ohne Karl-Uwe. Ein Jahr alleine. Die so sehr herbeigesehnte Freiheit war ein Traum geblieben.

Mich fröstelte es. Eine Gänsehaut kroch über meinen Rücken, meine Knie waren weich.

Was hatte ich nur getan?

Ganz in Gedanken fuhr ich nach Hause. Ich hatte das Gefühl, nichts war mehr so wie es war.

Karl-Uwe fehlte mir. Jetzt. Nach so vielen Monaten. Die grausame Realität meiner Tat hatte mich eingeholt.

Ich setzte mich auf den Küchenstuhl, schlug die Hände vor mein Gesicht. Weinte, flehte, betete und sprang, wie von einer Tarantel gestochen, auf.

Nein! Nein, das wollte ich so nicht. Das war nicht in meinem Sinne. Ich sehnte mich nach Karl-Uwe, seinem fliehenden Kinn, seinen schrägen Schneidezähnen, seinen Tierfilmen und ... auch wenn man es nicht versteht ... ich sehnte mich nach seiner Gefühlskälte.

»Ich komme«, murmelte ich. Leise. Dann immer lauter. Ich schrie die Worte durch unsere Wohnstube: »Ich komme!«

Dann öffnete ich die Vitrine im Wohnzimmer.

Ganz hinten, zwischen Kerzenständern, alten Sammeltassen und neben einer Bonboniere stand das Fläschchen mit der braunen Substanz. Ich hatte es versteckt, da es noch nicht ganz leer war.

Vorsichtig nahm ich es in meine Hände. Sie waren eiskalt. Die Finger zitterten. Ich hatte Angst, es würde mir auf den Boden fallen.

Das Gefühl, mein Herz würde jeden Augenblick zerbersten, nahm mir fast den Atem.

»Karl-Uwe«, flüsterte ich.

Bilder aus unserer gemeinsamen Zeit, in der wir uns bis zum Wahnsinn geliebt hatten, liefen wie ein Daumenkino vor meinen Augen ab.

Tränen rannen über meine Wangen. Tropften auf den Kragen meiner Bluse, dann auf den Boden.

»Karl-Uwe«, wisperte ich erneut und schüttete den Inhalt in meinen Mund.

Gilford

Nina Câmara

Hinter so manch hübscher Gardine kleinbürgerlicher Wohnzimmer verbergen sich oft gut gehütete Geheimnisse.

Als das Ehepaar Marble das Haus seiner Träume erwarb, ahnte es nicht, dass sie schon bald auf die Schatten einer dunklen Vergangenheit stoßen würden.

Nur gut, dass sich ihr bester Freund, Privatdetektiv Jeremy Gilford, mit dem Aufspüren von Rätseln dieser Art auch beruflich beschäftigte.

16.12.2012

Da war er wieder ... Dieser etwas dumpf klingende Gesang, der direkt aus den Wänden zu kommen schien. Terence Marble legte sein Ohr an die Wand und lauschte angestrengt. Es klang wie ein Kinderchor und die Melodie kam ihm irgendwie bekannt vor.

»Liz, hör doch mal!«, sagte er und winkte mit einer Hand seine Frau zu sich. »Das ist doch ein Weihnachtslied, oder?«

Liz presste ebenfalls ihr Ohr an die Tapete und versuchte, die Melodie zu erkennen. Es handelte sich eindeutig um »Oh Tannenbaum«.

Beide schauten sich verwirrt an. Wo kam diese Musik bloß her? Küchenradio und Stereoanlage im Wohnzimmer waren ausgeschaltet, ihre beiden Handys waren auf »lautlos« eingestellt.

Im Wohnzimmer, in den Schlafzimmern und im Badezimmer konnte man es besonders gut hören, in der Küche und im Flur hingegen nicht.

Liz sah ihren Mann fragend an. »Wenigstens passt die Musik zu den kommenden Feiertagen«, meinte sie dann achselzuckend.

»Ja, aber das ist auch gruselig. Vielleicht sind es die Weihnachtsgeister vom alten Scrooge, um uns bei der Arbeit anzutreiben ... Buuuuuuu!«

Das Paar lachte nervös.

Sie waren erst vor zwei Monaten von Göttingen hierher nach Harreshausen gezogen und renovierten ihren vor kurzem erstandenen zweistöckigen Altbau in Alleinarbeit. Denn Terence war ein erstklassiger Hobbyhandwerker und Liz war mindestens ebenso praktisch begabt. Beide schmirgelten voller Energie an den alten hölzernen Fensterrahmen oder verlegten, auf Knien kriechend, neues Parkett.

Das Haus war ein Gelegenheitskauf gewesen. Seit sie vor sechs Jahren aus ihrer Heimatstadt Banbury nach Göttingen gezogen waren, träumten sie von einem Eigenheim in dieser schönen Gegend. Da die Häuser in Göttingen, die sie wirklich hübsch fanden, leider viel zu teuer waren, suchten sie auch im weiteren Umkreis nach einer passenden Immobilie und entdeckten dabei dieses kleine mittelalterliche Städtchen mit den vielen Fachwerkbauten und einem Schloss, inmitten des waldigen Weserberglandes. Es gab viele wundervolle Herrenhäuser in parkähnlichen Gärten, die selten zu Verkauf standen. Und dann sahen sie dieses Anwesen, mit leicht verwildertem Garten und an der Außenmauer hochrankendem Efeu, das sie sofort verzauberte.

Erfreulicherweise wurde es zum Verkauf angeboten, zu einem günstigen Preis. Der Besitzer, Herr von Berger, lebte schon ein paar Monate in einer psychiatrischen Klinik und hatte dem Makler klare Anweisungen gegeben, das Haus mit der kompletten Einrichtung anzubieten.

»Sie können alles benutzen oder Sie lassen eine Entrümpelungsfirma kommen«, erklärte dieser ihnen achselzuckend.

Die Marbles waren sehr glücklich über die altmodischen Möbel, Teppiche und Bilder. Außer den veralteten und stromfressenden Haushaltsgeräten, die noch aus den frühen Siebzigern zu stammen schienen, entsorgten sie nichts. Alles, was ihrer Ansicht nach persönliche Erinnerungsstücke waren, verpackten sie in Kisten, die sie auf dem Dachboden verstauten. Vielleicht mochte Herr von Berger später doch noch etwas davon zurückhaben.

»Die Möbel sind so wundervoll ›Vintage‹, es ist kaum zu glauben! Erstklassige Holzqualität, teilweise Mahagoni«, schwärmte Liz, die in London Design studiert hatte, mit ehrfurchtsvoller Stimme ihren Freunden und Arbeitskollegen vor.

Dass jetzt plötzlich Weihnachtsmusik aus den Wänden schallte, dämpfte ihre Freude über den Hauskauf ein wenig. Es war gespenstisch. Die Klänge waren leicht verzerrt und manchmal zu langsam, als würde jemand eine alte Schallplatte mit der falschen Geschwindigkeit abspielen. Gelegentlich stoppte die Musik auch abrupt, um dann nach einer kurzen Pause weiterzuspielen.

Sie klopften im ganzen Haus alle Wände ab, suchten nach Defekten in den Lautsprechern ihrer Anlage und googelten nach »Musik, die aus den Wänden kommt«, was sie zu Foren mit den skurrilsten Erklärungen führte, die sie alle als »Humbug« abhaken konnten.

»Ich gebe es auf«, erklärte Liz, »sei mir nicht böse, aber ich habe vor den Feiertagen einfach noch zu viel zu erledigen!«

»Ist schon gut. Ich werde mir noch eine Weile allein den Kopf zerbrechen.« Terence kratzte sich nachdenklich am Kinn. Nach dem Umzug und während der letzten Wochen, hatte keiner von ihnen aus den Wänden kommende Weihnachtsmusik gehört. Das hatte erst angefangen, nachdem er in dem alten Verteilerschrank im Flur die Kabel und Sicherungen überprüft und dabei bemerkt hatte, dass eine der alten Keramiksicherungen nicht funktionierte. Dies war offenbar die Ursache für den fehlenden Strom in den Steckdosen der neu eingerichteten Waschküche. Die kaputte Sicherung hatte er dann ausgetauscht.

Und seitdem hörten sie die Musik! Er beschloss, die Sicherung auszuschalten, um seine Theorie zu testen.

Tatsächlich, die Musik stoppte augenblicklich.

»Hey!«, erklang Liz' Stimme dumpf aus dem Keller. »Ich wollte gerade die Waschmaschine anwerfen. Hast du etwa den Strom abgestellt?«

»Ja. Ich wollte etwas ausprobieren«, rief er zurück.

Er betätigte den Schalter erneut und wartete.

Da war es wieder. Das gleiche Lied.

»Liz, hörst du die Melodie auch im Keller?«

»Nein ... nur knackende Rohre«, antwortete sie nach einer Weile.

Das war sehr merkwürdig.

Solange sie nicht herausbekommen konnten, woher die Musik kam, sollten sie den Strom in der Waschküche nur noch anschalten, wenn sie die Wäsche machen mussten. Im neuen Jahr würde er einen guten Elektriker rufen. Im Augenblick gab es wichtigere Dinge, die sie noch fertigstellen mussten.

18.12.2012

Es war erst neun Uhr morgens und Jeremy Gilford vom privaten Ermittlungsbüro Gilford & Sinclair saß an seinem Schreibtisch und starrte mit leichter Verzweiflung auf den Stapel unerledigten Papierkram, der sich fatalerweise jedes Jahr zu dieser Zeit ansammelte.

Emmi Wagner, seine überaus effiziente Sekretärin, klopfte leicht an die Tür und überreichte ihm grinsend ein weiteres Blatt Papier. »Sehr, sehr wichtig!«, erklärte sie ihm zwinkernd.

Es handelte sich um die Weihnachtsgeschenkeliste, die seine Frau Susanne alljährlich für ihn schrieb.

»Danke«, grummelte er, während er den Zettel in Empfang nahm.

Seine Frau unterlag der irrigen Ansicht, dass er sich ohne ihre Liste sonst nicht an den Geschenkekauf erinnern würde. Die wichtigsten Sachen hatte er jedoch sogar schon im Oktober besorgt, denn in der Vorweihnachtszeit hatte er für Einkäufe keinerlei Geduld. Allein die Vorstellung, sich erst jetzt durch übervolle Kaufhäuser quälen zu müssen, jagte ihm Schauer über den Rücken.

Die Liste war recht kurz:

1. Eine Eintrittskarte für das Spiel des BVB gegen Bayern München für seinen besten Freund und Sozius Evan Sinclair. Dieser war ihm von Bradford nach Göttingen gefolgt, nachdem Jeremy sich zu dem Entschluss durchgerungen hatte, seine Arbeit als Professor für forensische Anthropologie und Archäologie aufzugeben, um in die deutsche Heimat seiner Frau Susanne zu ziehen und dort ein Detektivbüro zu gründen.

2. Eine gute Flasche Château La Lagune 3e cru classé für Kriminalhauptkommissar Manfred Lubowski, der ihn vor Jahren bei einem Knochenfund als Sachverständigen empfohlen hatte. Seitdem verlangte man Jeremys Expertise hin und wieder bei älteren Fällen mit oder ohne Knochenfunde, was für sein eigenes privates Ermittlungsbüro ein einzigartiges Aushängeschild war.

3. Ein großer Picknickkorb aus Weide, mit Besteck und Geschirr für die Marbles, ein englisches Ehepaar, das die letzten fünf Jahre in der Wohnung gleich neben den Gilfords gewohnt hatte, bis sie vor ein paar Monaten in das dreißig Kilometer entfernte Harreshausen gezogen waren.

Und natürlich 4. eine gute Schachtel belgischer Pralinen mitsamt einem Bonusscheck für Emmi.

Jeremy lehnte sich zufrieden zurück. Das diesjährige Weihnachtsfest würden sie zusammen mit Evan bei den Marbles feiern. Diese wollten ihr neues Haus über Weihnachten einweihen. Sowohl die Gilfords als auch Evan würden daher einige Tage bei ihnen übernachten. Jeremy hatte bereits einen übergroßen Truthahn, einen »Gregor«, wie man ihn in seiner Heimat nannte, in seiner Gefriertruhe ruhen. Susanne hatte allen die Zubereitung flambierten Plumpuddings versprochen. Sie würden »God rest you merry Gentlemen« und die Ansprache der Queen gemeinsam anhören und nicht zuletzt hatte Evan noch versprochen, eine gute Flasche achtzehnjährigen Glendronach Single Malt zu besorgen. Für Jeremy ein absolutes Festtags Highlight!

Jetzt jedoch war es an der Zeit sich wieder dem Stapel noch unerledigter Berichte zuzuwenden und das bevorstehende Weihnachtswochenende vorübergehend zu vergessen.

Ein paar Stunden später klopfte es erneut an die Tür. Jeremy hob fragend den Blick.

Wieder war es Emmi, die den Kopf zur Tür hereinsteckte. »Ich mache dann jetzt Mittagspause, Chef«, erklärte sie lächelnd. »Heute ist es besonders ruhig und ich habe alle Termine auf den Januar verschoben.«

»Danke Emmi. Gehen Sie ruhig! Übrigens, Ihr Weihnachtsgeschenk habe ich in Ihrem Büro versteckt.«

»Ach Chef, das habe ich doch längst gefunden!« Emmi lachte. »Ich soll Ihnen von meinem Bankkonto ein großes Dankeschön ausrichten!«

»Sie haben es sich verdient.« Jeremy warf einen raschen Blick auf die Uhr über der Bürotür. Es war viertel vor eins. Mit einer schnellen Geste versenkte er die restlichen Papiere in der Schublade und stand ächzend auf.

Er brauchte dringend Bewegung und frische Luft.

Und eine Portion Pilze mit Kräutersauce vom Weihnachtsmarkt.

21.12.2012

Es war erst fünf Uhr nachmittags, doch die frühzeitige winterliche Dunkelheit hatte schon vor einer halben Stunde eingesetzt. Terence stand in der hell erleuchten Eingangstür und rieb sich die klammen Finger. Es hatte zwar noch nicht geschneit, doch die Temperaturen lagen im Minusbereich.

Jeremy parkte seinen Wagen auf der breiten Schottereinfahrt. Neben ihm würde auch Evans breiter Jeep noch Platz haben. Susanne stieg zuerst aus und angelte sich die Kiste mit den eingepackten Geschenken vom Rücksitz.

Jeremy holte zwei große Einkaufstaschen und einen Trolley aus dem Kofferraum.

Terence eilte herbei, um ihnen beim Tragen zu helfen. »Liz! Die beiden haben mindestens für eine Woche Nahrungsmittel bei sich!«, rief Terence in den Flur.

»Na, das passt doch wunderbar!«, antwortete sie, während sie ihnen entgegenkam. »Ist Evan auch schon da? Sonst mach um Himmelswillen die Tür schnell zu. Es ist eiskalt!«

»Nein. Evan ist noch nicht da«, sagte Terence.

Drinnen war es angenehm warm. Gedämpfte Jazzmusik klang aus dem Wohnzimmer und es roch nach Tannennadeln, selbstgebackenen Plätzchen und Tee.

Liz führte die Gilfords in das obere Stockwerk und zeigte ihnen das gemütlich eingerichtete Gästezimmer, das sie die nächsten Tage bewohnen würden.

»Wie hübsch!« Susanne sah sich anerkennend um.

Liz bekam bei dem Lob sofort leuchtende Augen. »Ja, ist es nicht absolutely gorgeous? So vintage!« Es klingelte und mit den Worten »Das wird Evan sein. Macht es euch gemütlich!« eilte sie wieder hinunter.

Das Zimmer war mit einem verschnörkelten, altmodischen Doppelbett bestückt und den passenden Nachttischchen. Ein bunter Flickenteppich schmückte den neu verlegten Holzboden und über den Gilfords hing eine weiße, runde Seidenstofflampe.

»Oh yes, very vintage!«, murmelte Susanne und kicherte leise.

Jeremy blickte amüsiert zu ihr hin, legte den Trolley auf das Fußende des Bettes und testete den Widerstand der Matratze mit beiden Händen. »Scheint bequem zu sein.«

Aus dem Flur unten schallte inzwischen Evans lautes tiefes Lachen zu ihnen herauf.

Empört sah Susanne zu ihrem Mann, der Anstalten machte sich hinzulegen. »Kommt ja gar nicht infrage! Wir gehen jetzt runter. Ich brauche dringend eine Tasse Tee.«

Alle machten es sich vor dem Kamin gemütlich. Auf dem Couchtisch standen Nüsse, ein Tablett mit »Fat Rascals« und dampfende Teetassen, deren milchig brauner Inhalt ein angenehmes Aroma verströmte.

Terence erzählte von den Abenteuern ihrer Renovierungsarbeiten, also von eingeklemmten Fingern und blauen Flecken an den verschiedensten Körperteilen. Die Unterhaltung plätscherte fröhlich vor sich hin.

Die behagliche Atmosphäre ließ Jeremy schläfrig werden, bis die Stimmen um ihn herum etwas lauter wurden und seine Aufmerksamkeit erregten.

»Doch wirklich. Es ist gespenstisch!«, sagte Terence, der gerade eine Flasche guten Burgunder aus der Küche geholt hatte und sich umständlich daran machte, seinen Hightech Korkenzieher richtig anzusetzen.

»Was ist gespenstisch?«, fragte Jeremy neugierig.

Mit einem leisen »Plopp« kam der Korken aus der Flasche und Terence goss die dunkelrote Flüssigkeit formvollendet in ein Rotweinglas, das Liz ihm reichte. »Dieses

Haus. Wir scheinen eine Art Geist zu haben«, erklärte er und zuckte dabei leicht mit den Achseln.

»Es spukt bei euch?« Jeremy sah seinen Freund mit hochgezogenen Augenbrauen an. »Im Ernst?«

Terence lachte. »Na ja, wir haben bis jetzt einfach keine bessere Erklärung für das Phänomen gefunden. Stimmt's, Liz?«

»Nein, haben wir nicht!« Liz nickte zustimmend und reichte ihm ein weiteres Glas.

Jeremy sah seine Gastgeber mit hochgezogenen Augenbrauen an. »Und wie meldet sich euer … ähm … Hausgeist?«

»Mit Musik …«, sagte Terence zögernd.

»Ah … er singt? Wie beim Phantom der Oper?!«, fragte Susanne.

»Leider nein!« Terence kicherte. »Unser Geist mag Weihnachtsmusik und Kirchenglocken.«

»Ich fürchte, das musst du etwas besser erklären.« Jeremy beugte sich leicht vor und sah die Marbles aufmerksam an.

»In diesem Falle kann ich dafür sorgen, dass ihr es euch selbst anhört. Liz, schalte bitte mal eben unsere Anlage aus.« Terence verschwand kurz im Flur.

Alles war mucksmäuschenstill, als plötzlich »Ave-Maria«, zwar leise und verzerrt, aber dennoch gut erkennbar aus der Wohnzimmerwand ertönte.

Jeremy legte sein Ohr an die Wand und lauschte.

Susanne und Evan machten es ihm nach kurzem Zögern nach.

Dann stoppte die Musik kurz, danach ertönte »Stille Nacht, Heilige Nacht«.

Terence räusperte sich. »Manchmal hört man auch einfach nur Kirchenglocken!«

Susanne lächelte. »Leute! Das ist eine alte Weihnachtsschallplatte! Ich weiß sogar, was für eine, weil meine Eltern die gleiche hatten. Aus den sechziger Jahren. Darauf singen die Regensburger Domspatzen«, sagte sie. »Das ist ein berühmter Kinderchor«, fügte sie erklärend hinzu, als sie die verwirrten Gesichter ihrer englischen Freunde sah.

»Gut, aber dann haben wir immer noch keine Ahnung, wer hier im Haus permanent eine uralte Weihnachtsplatte abspielt! Es hört nur auf, wenn ich die Sicherung für die Waschküche wieder ausschalte«, sagte Terence und kratzte sich am Kopf.

»Äh … die Musik kommt aus der Waschküche?«, fragte Jeremy.

»Nein, aber so habe ich es entdeckt. Ich musste die Sicherung für einen Teil des Kellers austauschen. Die alte war defekt. Danach fing das mit der Musik an«, erklärte Terence.

»Was aber vermutlich bedeutet, dass die Musik doch aus dem Keller kommt«, sagte Evan.

»Das ist ja das Eigenartige. Da unten ist nichts. Wir haben schon das ganze Haus abgesucht. Vom Dachboden bis zum Keller. Nirgendwo steht ein alter Plattenspieler«, sagte Liz und schüttelte frustriert den Kopf.

»Nun, wir sind uns wohl alle einig, dass es keine Geister gibt. Also muss es irgendwo hier im Haus eine logische Lösung zu diesem Geheimnis geben. Wir haben ja ein paar Tage nicht viel zu tun, also wir könnten gemeinsam auf die Suche gehen«, schlug Jeremy vor.

Damit waren alle einverstanden.

22.12.2012

Am nächsten Morgen, servierte Liz ein typisches »English breakfast« und während die beiden Frauen es sich im Wohnzimmer gemütlich machten, gingen die drei Männer mit einem Sixpack Bier auf Erkundungstour in den Keller.

Nachdem sie die etwas steile Kellertreppe hinuntergestiegen waren, gelangten sie zunächst in einen breiten Gang, dem sie nach links folgten. Er mündete in den ersten Kellerraum, wo drei Fahrräder an der Wand lehnten. An der gegenüberliegenden Wand gab es zwei Türen, die jeweils in einen weiteren Raum führten. Einer war mit einer großen Menge Gerümpel gefüllt, in dem anderen waren Waschmaschine, Trockner und eine Kommode. Die steinernen Kellerwände sahen trocken und solide aus.

»Terence, hast du dir schon mal den Grundriss des Kellers auf dem Bauplan genau angesehen?«, fragte Jeremy.

»Hm. Ja, aber ich habe mich noch nicht sehr damit befasst, weil wir hier unten vorerst nicht renovieren wollen.«

»Könntest du die Pläne mal holen? Ich würde sie mir gerne näher ansehen. Ach, und schalte doch bitte die Sicherung ein.«

Während Terence die Unterlagen besorgte, fuhr Jeremy mit beiden Händen über die Wände in der Waschküche. »Evan, findest du nicht auch, dass dieser Raum hier kleiner ist als der nebenan? Dort steht zwar viel Zeug rum, aber dennoch würde ich behaupten, dass der hier höchstens halb so groß ist.«

Evan sah sich aufmerksam um. »Stimmt.«

»Hier sind die Pläne.« Terence war zurückgekommen und hielt eine Mappe in seinen Händen.

Nach ausgiebiger Begutachtung des Grundrisses und Ausmessen der Räume, standen die drei mit verschränkten Armen vor der Hinterwand des kleineren Raumes. Diese war nicht eingezeichnet und der Raum sollte, laut Bauplan, eigentlich mehr als doppelt so groß sein. Warum hatte jemand eine Zwischenwand ohne Durchgang zu dem hinteren Teil hochgezogen? Das ergab keinen Sinn.

»Terence, hast du vielleicht einen Vorschlaghammer?«, fragte Evan.

»Natürlich habe ich einen Vorschlaghammer!«, sagte der und lief los, um seine Werkzeugkiste zu holen.

Jeremy betrachtete die Wand nachdenklich. »Wenn man einen Raum abteilt, dann baut man doch normalerweise auch eine Tür ein, um Zugang zu haben, oder?«, fragte er Evan.

»Natürlich. Aber wo glaubst du, könnte sie gewesen sein?«, antwortete Evan. Beide fuhren mit den Händen über den Putz, auf der Suche nach einer Unregelmäßigkeit, fanden aber keine.

Schließlich kam Terence mit einer riesigen Werkzeugkiste zurück, die er sorgfältig auf den Boden stellte. Dann beförderte er einen großen Hammer heraus, der aussah, als hätte schon Thor ihn einst im Kampf gegen die Eisriesen geschwungen. »Wohin soll ich schlagen?«.

»Da wir nicht wissen, wo hier vorher mal der Durchgang war, ist es eigentlich egal«, erwiderte Jeremy.

Terence holte kräftig aus und schlug zu. Eine große Veränderung konnten sie nach dem ersten Schlag nicht bemerken. Die Wand war ungewöhnlich dick. »Das ist ein vierundzwanzig Zentimeter Mauerwerk«, erklärte er. »Das wird anstrengend.«

»Wir könnten helfen. Hast du noch mehr Hämmer?«, fragte Jeremy.

Terence sah ihn leicht beleidigt an. »Ja was glaubst du denn, mit wem du sprichst? Natürlich habe ich noch andere Hämmer ... und Staubmasken!« Er griff in seine Werkzeugkiste.

Für eine Weile schlugen die drei kräftig auf die Wand vor ihnen ein, bis sich ein breiter Spalt gebildet hatte und Jeremy die Hand hob. Sie standen inmitten einer frischen Staubwolke und lauschten.

»Was um Himmels Willen treibt ihr denn hier?«, ertönte Liz' Stimme entgeistert hinter ihnen. »Seid ihr wahnsinnig geworden?«

»Schsch...!«, machte Jeremy.

Sie hörten es nun laut und deutlich.

»Oh Tannenbaum ...«

Jeremy war der Erste, der versuchte, etwas durch das entstandene Loch zu erkennen. Der Raum, aus dem die Musik kam, war vollkommen dunkel.

»Licht?«

»Moment!« Evan schaltete die Taschenlampenfunktion seines Handys an. »Ernsthaft?«, fragte Jeremy und starrte auf Evans Hand, die versuchte, das Smartphone in die günstigste Position zu bringen, um die Finsternis auszuleuchten.

»Besser als nichts!« Evan grinste.

Der schwache Strahl tastete sich durch die Dunkelheit und erzeugte huschende Schatten. Streifte für einen Moment ein blickloses Auge. Evan ließ vor Schreck fast das Handy fallen.

Dies war definitiv ein Fall für Schutzkleidung, Gummihandschuhe ... und die Polizei.

Liz und Terence hockten eng beieinander auf der Couch, Susanne und Evan saßen jeweils auf einem Sessel, während Jeremy überlegend auf und ab lief.

Es war still, denn keinem von ihnen war nach musikalischer Untermalung zumute.

»Wir haben also tatsächlich eine Leiche im Keller?« Terence kratzte sich, wie immer, wenn er nervös war, am Kinn.

»Genau genommen einen toten Weihnachtsmann!«, erwiderte Jeremy trocken und fuhr fort: »Die Polizei wurde bereits verständigt. Man wird die Überreste abtransportieren und den Keller vorerst absperren. Aber ich glaube, sie werden ihn noch vor Weihnachten wieder freigeben.«

Evan sah Jeremy fragend an. »Hast du auch deinen Freund Lubowski angerufen?«

»Ja, ich nehme an, er ist schon unterwegs.«

Ein paar Stunden später standen Jeremy und Kriminalhauptkommissar Lubowski im mittlerweile von Scheinwerfern vollkommen ausgeleuchteten Kellerraum.

Das Team der Spurensicherung machte Fotos und tütete Beweisstücke ein.

Die Rechtsmedizinerin, Frau Dr. Ströbel, untersuchte währenddessen vorsichtig die mumifizierte Leiche.

Auch Jeremy hatte schon einen Blick auf sie geworfen.

Es hatte eine Weile gedauert, bis sie das Loch in der Wand soweit vergrößert hatten, dass sie ohne Probleme hindurch konnten.

Alles war vollkommen trocken und außergewöhnlich staub- und spinnenwebenfrei. Durch das Zumauern des Durchgangs war der fensterlose Raum luftdicht abgeschlossen gewesen. Es gab ein bis zur Decke reichendes Holzregal voller Bücher und einen massiven Schreibtisch aus Eichenholz, hinter dem, auf einem eleganten lederbezogenen Drehstuhl mit hoher Lehne, der Tote saß. Bekleidet mit einer grauen Hose und einen dunkelroten Weihnachtsmann-Mantel mit weißgrauen Fellbesatz an Kragen und Ärmeln. Der etwas seitlich gedrehte Kopf mit weit aufgerissenem Mund, von einem Offiziersdolch durch die linke Augenhöhle aufgespießt, stak an der Rückenlehne. Gleich hinter der Leiche befand sich ein niedriger Aktenschrank, auf dem ein Silbertablett mit Gläsern und Kristallkaraffe stand – letztere mit einer eingetrockneten bräunlicher Substanz – sowie ein Plattenspieler. Warum bei dem Gerät der Tonarm immer wieder zurücksetzte, würde vielleicht später ein Techniker erklären können.

Auf dem Tisch lagen allerlei Büro-Utensilien und eine mit schönen Schnitzereien verzierte Holzkiste. Jeremy öffnete sie vorsichtig. In ihr befand sich eine geladene Walther P38 in erstklassigem Zustand.

Der ganze Raum war voller militärischer Artefakte. Die Wände zierten Bilder von Panzern und Soldaten sowie ein Mahagoni-Hängeschrank mit Glastüren, in dem eine Sammlung Militärmesser an einzelnen Haken hing. Einer davon war leer. Dort hatte vermutlich der Offiziersdolch gehangen.

Kriminalhauptkommissar Lubowski stöhnte. »Ich kann mir jetzt schon die Schlagzeilen vorstellen, die dieser Fall bekommen wird! Was glaubst du, wie lange der schon hier unten sitzt?«

»Wenn ich mir das Mobiliar ansehe und den Zustand der Leiche, würde ich sagen, eine ganze Weile! Jahrzehnte vermutlich.«

Lubowski brummte zustimmend. Er sah sich ein weiteres Mal in dem Raum um.

»Ein Weihnachtsmann wird im Keller mit einem Dolch erstochen. Sehr ungewöhnlich«, meinte Jeremy.

»Wenn die Leiche zur Rechtsmedizin abtransportiert wird, fährst du am besten gleich mit. Vielleicht verraten dir seine Knochen noch ein paar Geheimnisse. Ich setze mich jetzt jedenfalls mit der Staatsanwaltschaft in Verbindung. Die werden sich freuen!«, sagte Lubowski seufzend.

»Tun wir das nicht alle?«, fragte Jeremy spöttisch.

»Ho, Ho, Ho!«

23.12.2012

»Man könnte fast meinen, wir wären Teilnehmer einer dieser »Krimi-Dinnerpartys«, nur in echt«, sagte Liz und fuhr sich mit der Hand durch die Haare.

Es war Sonntagnachmittag und Evan saß mit Susanne und den Marbles auf dem Dachboden, um in den Kisten mit den persönlichen Dingen Herrn von Bergers nach Hinweisen zu suchen.

»Ich habe keine Ahnung, was hiervon wichtig sein könnte«, stöhnte Susanne und zeigte auf einen Stapel ledergebundener Fotoalben. »Brauchen wir die?«

»Die nehmen wir auf jeden Fall alle mit nach unten«, sagte Evan.

In der Küche der Marbles saß Emmi Wagner am Tisch, mit einer großen Tasse Kaffee und einem Teller voller Plätzchen. Sie arbeitete konzentriert an ihrem Laptop und durchsuchte das »World Wide Web« nach sachdienlichen Daten. Jeremy war noch immer im Institut für

Rechtsmedizin, um dort zusammen mit Frau Dr. Ströbel die Weihnachtsmumie zu untersuchen.

Nachdem die Polizei am Samstagnachmittag den Tatort im Keller verlassen hatte, hatte er Evan gebeten, Emmi schnellstmöglich zum Haus der Marbles zu beordern.

»Na, die wird sich freuen!«, sagte Evan.

»Diese Sache »freut« uns inzwischen alle! Liz hat erzählt, sie hätten jede Menge persönlicher Papiere und Bilder und Dokumente des vorigen Hausbesitzers auf dem Dachboden gelagert. Diese Sachen sollten durchsucht werden. Es gibt bestimmt Hinweise zu jemandem, der irgendwann in den Sechzigern spurlos verschwand. Sag Emmi, sie soll versuchen im Internet alles über dieses Haus und seine ehemaligen Besitzer herauszufinden«, hatte Jeremy gebeten und war dann losgefahren.

Nachdem die Marbles, Susanne und Evan diverse Papiere und Fotoalben sortiert hatten, gesellten sie sich zu der in der Küche sitzenden Emmi.

»Hast du schon irgendetwas Nützliches herausgefunden?«, fragte Evan und mopste sich ein Plätzchen.

»Hey! Finger weg! Die Plätzchen sind meine Sonderzulage«, knurrte Emmi und gab Evan einen Klaps auf die Hand. »Und natürlich habe ich jede Menge nützlicher Dinge herausgefunden.« Sie drehte den Bildschirm in sein Blickfeld und lehnte sich mit verschränkten Armen zurück.

»Wer ist das?«, fragte er und betrachtete das altmodische Foto, das dort zu sehen war.

Emmi holte tief Luft: »Darf ich vorstellen? Dies ist Major Otto von Berger, Jahrgang 1908, Heimkehrer aus russischer Gefangenschaft 1951. Dann Heirat im Mai 1953 mit einer gewissen Marianne Hegener, Halbwaise und ganze zweiundzwanzig Jahre jünger als der gute Major. Ihr Sohn, Hermann von Berger, kam dann 1956 zur Welt. Und jetzt haltet euch fest! Major von Berger verschwand spurlos, am 24. Dezember 1962. Seine Frau meldete ihn aber erst am 27. als vermisst.«

Evan begutachtete das alte Schwarz-Weiß-Foto nachdenklich. Darauf stand, mit seiner Uniform bekleidet, der ungefähr dreißig Jahre alte Otto vor dem damals üblichen Hintergrund eines Fotostudios. »Aha. Es könnte also sein, dass es sich bei unserem Weihnachtsmann im Keller um den vermissten Major Otto von Berger handelt. Passen würde es«, sagte er.

Terence nahm eines der alten Fotoalben aus der Kiste. »Dann gucke ich mir jetzt mal die vielen alten Fotos an, vielleicht kann man ja seiner Frau auf einem davon ihre mörderischen Absichten ansehen.«

»Pfff ...«, machte Liz empört. »Warum glaubst du, dass es ausgerechnet seine Frau gewesen ist? Immerhin war der gute Otto ein Major. Es gab Waffen im Keller und er war bestimmt kein schwacher Mann. Frauen bevorzugen Gift!«

»Du meinst also, ich sollte mich vor dem Teetrinken besser nicht mit dir streiten?«, fragte Terence grinsend.

»Führe mich nicht in Versuchung ...", konterte Liz.

»Ach, ihr wisst doch: ›Der Mörder ist immer der Gärtner ...‹«, trällerte Susanne. »Ich glaube, wir müssen über das Mordmotiv nachdenken! Warum sollte jemand einen als Weihnachtsmann verkleideten Familienvater umbringen?«

»Wir wissen ja nicht einmal, ob das tatsächlich Major Otto ist”« erwiderte Evan und zuckte mit den Schultern. »Lasst uns am besten mal das ganze Material drüben im Wohnzimmer ansehen. Währenddessen, liebe Emmi, kannst du wohl versuchen herauszufinden, ob der Major von Berger wohlhabend war oder Schulden hatte? Und was hat seine Frau nach seinem Verschwinden gemacht? Gab es einen neuen Lebenspartner?«

Emmi nickte und knackte voller Elan mit ihren Fingergelenken, bevor sie sich wieder an ihre Laptop-Tastatur begab. »Wird gemacht!«

Trotz Emmis vehementen Protests schnappte sich Evan noch ein weiteres Plätzchen und verschwand mit der Kiste voller Papiere im Wohnzimmer.

Es war bereits früher Nachmittag und Jeremy saß frierend in seinem unterkühlten Auto, darauf wartend, dass die Sitzheizung ihn endlich mit wohliger Wärme versorgte. Die Straßen waren glatt und er musste langsam fahren, aber das machte nichts, denn er hatte viel nachzudenken.

Die Mumie hatte ihnen ein paar Geheimnisse verraten. Sie war männlichen Geschlechts und zum Zeitpunkt des Todes ungefähr Mitte fünfzig gewesen. An den Knochen gab es keine Anzeichen von Arthrose oder anderer Erkrankungen, nur einige verheilte Rippenbrüche. Das Gebiss hatte zwei Goldzahn-Prothesen, was bei der Identifizierung helfen würde. Die Todesursache war aber nicht der Stich ins Auge, sondern ein Schuss in die Brust mit einer großkalibrigen Waffe.

Die Rechtsmedizinerin vermutete ein Jagdgewehr, aber die Ballistik würde erst später feststellen können, welche Waffe es gewesen war. Da am Mantel keinerlei Schussspuren feststellbar waren, schien er ihm nach seinem Tod angezogen worden sein. Das war befremdlich. Wieso sollte man einem Toten, den man vorhatte einzumauern, noch in ein Weihnachtsmann-Kostüm stecken?

Dann hatte der Mörder ihm auch noch den Dolch in den Kopf gerammt. Eine grausame Form von Übertötung und Grund für zahllose Spekulationen.

War es aus Wut oder Kalkül geschehen? Es schien jedenfalls etwas sehr Persönliches gewesen zu sein. Das Opfer hatte seinen Mörder vermutlich gekannt. Auch DNA-Proben des Toten waren entnommen worden, aber die Laborergebnisse würden eine Weile auf sich warten lassen.

Jeremy seufzte. Er war zu müde, um weiter darüber nachzudenken. Vielleicht hatten die anderen etwas Interessantes herausgefunden. Er hielt vor dem Haus der Marbles und ging langsam zur Tür.

Kaum hatte er geklingelt, riss Liz auch schon die Haustür auf und winkte ihn herein.

»Wir glauben, wir wissen, wer der tote Weihnachtsmann ist!«, begrüßte sie ihn aufgeregt.

Aus dem Wohnzimmer erklang Stimmengewirr und Gläserklirren. Evan war im Laufe des Tages ins Büro gefahren und hatte von dort das große Pinboard geholt. Liz hatte im Wohnzimmer eine Wand dafür freigemacht und dann hatten sie verschiedene Fotos und Post-its mit den dazugehörigen Namen darauf gezweckt.

Emmi saß auf einem Sessel, das geöffnete Laptop auf ihrem Schoß. Liz drückte Jeremy fürsorglich eine dampfende Tasse Tee in die Hand und drängte ihn, sich auf das Sofa zu setzen. Während alle durcheinander redeten, besah er sich die angepinnten Fotos und Notizen genauer.

Ein Bild von einem militärisch adrett gekleideten Mann war in der Mitte angebracht. »Major Otto von Berger« stand auf einem Post-it darüber. Daneben hing das Foto einer hübschen jungen Frau. »Marianne von Berger geb. Hegener«, lautete die zugehörige Beschriftung. Über ihrem Bild klebte ein Zettel mit dem Namen »Hubert Hegener, Vater, Gärtner/Handwerker für Fam. von Berger«. Dann gab es noch den Namen »Hermann von Berger« mit einem Foto von Ottos Sohn, der das Haus an die Marbles verkauft hatte.

Jeremy legte den Kopf schief. Mariannes Vater war also nicht nur Ottos Schwiegervater, sondern hatte auch für seine Familie gearbeitet. »Also, legt los. Ich sehe hier schon einige Namen und Fotos. Was genau habt ihr bis jetzt herausgefunden?«

Evan erzählte Jeremy in Stichworten, was sie über Otto von Berger wussten, und tippte dabei mit dem Finger auf das Bild in der Mitte.

»Und was hast du noch über seine Frau Marianne herausbekommen, Emmi?«

»Einiges. Im Jahr 1962, am 22. Dezember, ist sie ins Krankenhaus eingeliefert worden, da sie die Treppe hinuntergestürzt war. Am 27.12. wurde sie mit einem gebrochenen Arm entlassen und bemerkte erst dann das Verschwinden ihres Mannes. Das war wohl damals mehrere Zeitungsartikel wert. Ein Freund von mir, der zufälligerweise bei der hiesigen Tageszeitung arbeitet, konnte sie aus einem Archiv kopieren und hat sie mir geschickt. Die Presse schrieb damals einiges über ihren Mann, seinen militärischen Werdegang, seine familiären Beziehungen und natürlich sein spurloses Verschwinden. Es wurde auch etwas über einen Brief an seine Frau angedeutet, den sie wohl auf dem Küchentisch fand, als sie wieder nach Hause kam. Der wurde an die Polizei weitergereicht. Was genau darin stand, wurde aber nicht veröffentlicht. Die Sache ist, dass sie nicht genau sagen konnte, an welchem Tag er verschwunden ist. Doch auf dem Brief gab es ein Datum. Daher wurde angenommen, dass es wohl am 24.12. geschehen war. Und das würde bedeuten, dass sie als Täterin ausgeschlossen werden kann. Otto von Berger war nicht reich. Er besaß nur dieses Haus. Marianne hat ihren Sohn nach Ottos Verschwinden gemeinsam mit ihrem Vater Hubert Hegener hier großgezogen. Sie arbeitete als Sekretärin für ein Anwaltsbüro in der Stadt und starb 1993 an Brustkrebs. Aber ihr Vater, der lebt noch! Er ist inzwischen 101 Jahre alt und wohnt im Maria-Elisabeth-Stift der Stadt Harreshausen. Zu seinem 100. Geburtstag hat ihm der Bürgermeister höchstpersönlich gratuliert.«

»Ach ja ... und ich habe eine Art Tagebuch entdeckt. Es lag zwischen den Fotoalben«, rief Liz und hielt ein Buch mit rotem Ledereinband in die Höhe.

»Von wem ist es?«, fragte Jeremy.

»Es scheint von Marianne zu sein. Ihr Name war das Einzige, was ich entziffern konnte«, sagte Liz.

Jeremy blätterte durch die eng beschriebenen Seiten. Die Schrift verblasste an manchen Stellen, aber dass es keiner von ihnen lesen konnte, lag eher an der Schriftart. Nur die Zahlen in den Jahresdaten waren gut zu erkennen. Hinten gab es noch freie Seiten und der letzte Tagebucheintrag stammte aus dem Jahr 1963. Er gab das Buch an Susanne weiter. »Kannst du das lesen?«

»Nein. Ich habe da vorhin schon mal reingeguckt. Ich weiß nur, dass sie vermutlich in Sütterlin geschrieben hat oder sogar in Kurrent. Ich kann es jedenfalls nicht entziffern«, antwortete Susanne bedauernd.

»Ich kenne jemanden, der solche Schriftstücke entschlüsselt und in ein modernes Schriftbild überträgt«, meldete sich Emmi zu Wort.

Susanne reichte ihr das Tagebuch.

»Sehr gute Idee, Emmi. Es muss nicht gleich das ganze Tagebuch sein, sondern nur die letzten Seiten«, sagte Jeremy.

»Wird gemacht, Chef, aber das wird bestimmt ein paar Tage dauern.«

»Wir haben es nicht besonders eilig.«

»Und was hat die Untersuchung der Leiche bis jetzt ergeben?«, fragte Evan.

Jeremy erklärte in knappen Worten, was sie gefunden hatten.

»Also wurde er gar nicht erstochen, sondern erschossen. Strange …«, sagte Evan erstaunt.

Jeremy gähnte. Er wendete sich zu den Marbles.

»Also, ihr habt wirklich ganze Arbeit geleistet! Wie wäre es mit einem guten Schluck Glendronach und einer Mütze voll Schlaf? Ich bin echt kaputt!«

Als die Gilfords eine Weile später im Bett lagen, starrte Jeremy schlaflos in die Dunkelheit. Wie passten die ganzen Puzzleteile zusammen? Emmi hatte Recht. Es sah nicht so aus, als wäre die Ehefrau eine »Schwarze Witwe«. Sie hatte verletzt im Krankenhaus gelegen, als ihr Mann getötet wurde. Aber natürlich war es auch möglich, dass sie den Mord in Auftrag gegeben hatte. Und dann war da noch der militärische Hintergrund des Opfers. Vielleicht war der Major ein vom Mossad gesuchter Naziverbrecher, der aufgespürt worden war.

Nein. Eher unwahrscheinlich, die hätten ihn den Behörden ausgeliefert.

Sein Sohn Hermann war damals noch ein Kind und kam somit auch nicht in Betracht. Und der Schwiegervater?

Sie wussten nicht sehr viel von ihm. Jedenfalls nicht genug, um ihn als eventuellen Täter ausschließen zu können. Welches Tatmotiv? Sollte der alte Herr Hegener noch nicht dement sein, wäre eine Unterhaltung mit ihm vielleicht sehr aufschlussreich. Jeremy seufzte.

Susanne strich ihm mit der Hand leicht die Haare aus der Stirn. »Du solltest versuchen zu schlafen, Jerry!«

»Ja ... und morgen sollte ich Herrn Hegener im Altersheim einen Besuch abstatten.«

»Morgen ist Weihnachten.«

»Das ist genau der richtige Tag, um sich alte Geschichten anzuhören."

24.12.2012

Die junge Pflegerin vom Maria-Elisabeth-Stift führte Jeremy zwar eilig, aber gut gelaunt zu Herrn Hegeners Wohneinheit. »Er wird sich sicher über den Besuch freuen. Gerade an Weihnachten. Und dieses Jahr kann ja sein Enkelsohn nicht kommen. Herr Hegener ist etwas gebrechlich, ganz normal in seinem Alter, aber geistig absolut fit. So, da wären wir.«

Sie klopfte kurz an der Tür und trat dann resolut ein »Hallo Herr Hegener, Sie haben Besuch!«

Mit einer kurzen Geste gewährte sie Jeremy Eintritt. »Ich muss weiter, wir haben über die Feiertage zu wenig Personal. Finden Sie später allein zurück zum Ausgang?«

»Aber natürlich. Machen Sie sich keine Sorgen. Frohe Weihnachten!«

»Danke, Ihnen auch. Tschüss, Herr Hegener, wir sehen uns dann nachher wieder.«

Nachdem die Pflegerin gegangen war, musterten sich die beiden Männer.

Hubert Hegener saß in einem bequemen Sessel, der dem großen Fenster zugewandt war und von dem aus er einen schönen Ausblick auf die Grünflächen hatte, die das Altersheim weitläufig umgaben. Das Zimmer war sehr gemütlich eingerichtet. An der Wand hingen Familienfotos.

Jeremy erkannte darauf Marianne Hegener und ihren Sohn Hermann. Es gab einen runden Holztisch mit einem Spitzendeckchen in der Mitte und eine laut tickende Kuckucksuhr an der Wand.

Jeremy schnappte sich einen Stuhl und setzte sich dem alten Mann gegenüber. »Guten Tag, Herr Hegener. Mein Name ist Jeremy Gilford.«

»Jeremy Gilford? Sind Sie etwa Engländer?«

»Ja.«

»Warum bekomme ich Besuch von einem Engländer?«

»Weil ich Privatdetektiv bin und versuche einen Fall aufzuklären, der Freunde von mir betrifft. Ihr Enkelsohn hat ihnen vor ein paar Monaten sein Haus verkauft.«

»Hat er gut gemacht! Ich habe ihm immer gesagt, er sollte es endlich loswerden.«

»Ja. Nur leider war in dem Haus noch jemand, als er es verkauft hat.«

Der alte Mann sah Jeremy nachdenklich an.

»Wir haben da einen zugemauerten Kellerraum entdeckt«, erklärte Jeremy.

»Humm ...«, grunzte der alte Mann.

»Haben Sie eine Ahnung, was wir in diesem Raum gefunden haben könnten?«

Der Alte neigte den Kopf ein wenig nach vorne und grummelte etwas Unverständliches vor sich hin.

»Was sagten Sie?«, hakte Jeremy nach.

»Satan! Sie haben da unten Satan höchstpersönlich gefunden!«, sprach Herr Hegener nun mit erstaunlich lauter und klarer Stimme.

»Nun, ich glaube nicht an Übernatürliches. Die Leiche, die wir fanden, war ein Mensch«, erwiderte Jeremy.

»Sie können glauben, was Sie wollen, aber der da unten war kein normaler Mensch!«

»Vielleicht könnten Sie mir das Ganze ja besser erklären«, forderte Jeremy ihn freundlich auf.

Der Alte lachte heiser. »Wissen Sie, es entbehrt nicht der Komik, dass nach so vielen Jahren ausgerechnet ein englischer Privatdetektiv jemanden findet, den die deutsche Polizei bis jetzt nicht aufspüren konnte. Ich warte eigentlich schon seit Jahren darauf, dass man mich nach ihm fragt.«

Jeremy holte sein Diktiergerät aus seiner Hosentasche. »Macht es Ihnen etwas aus, wenn ich unser Gespräch aufnehme?«

»Nein. Es wird ohnehin höchste Zeit, dass die Wahrheit ans Licht kommt. Dass Hermann endlich erfährt, was damals geschah. Vielleicht hilft es ihm.« Herr Hegener

fuhr sich mit zittriger Hand durch sein Gesicht. Dann fing
er an zu erzählen.

24.12.1962

Endlich herrschte Ruhe im Haus. Doch er war noch immer wütend. Sein Sohn hatte geheult, weil er »seine Mama haben« wollte. Er war ebenso verweichlicht und unnütz wie seine Mutter. Ihm fehlte die nötige Disziplin. Aber damit würde jetzt endgültig Schluss sein. Seine Frau hatte sich immer zwischen sie gestellt. Er knirschte mit den Zähnen, wenn er daran dachte. Ihre Lektion hatte sie bekommen. Beim nächsten Mal würde sie nicht wieder so leicht davonkommen. Den Jungen hatte er nach einer Tracht Prügel in den Schrank auf dem Dachboden gesperrt und bis zum Abend würde er dortbleiben. Weihnachten hin oder her!

Um sich zu beruhigen, legte er seine Lieblingsplatte auf: »Tristan und Isolde« von Wagner.

Dann setzte er sich auf seinen Schreibtischstuhl und begann, seine Unterlagen zu ordnen und die Haushaltsbücher durchzusehen. »Ordnung ist das halbe Leben«, hatten ihm seine Eltern beigebracht. Er war sehr ordentlich.

Als er etwas später das Geräusch an der Tür hörte, schaute er stirnrunzelnd auf. Was konnte das sein?

Im Türrahmen stand jemand, aber er konnte nicht erkennen, wer. Wohl aber, dass der Lauf eines Karabiners direkt auf seine Brust gerichtet war.

»Was wollen Sie von mir?«, fragte er ruhig, während er versuchte mit seiner Hand unbemerkt den Holzkasten auf dem Schreibtisch zu erreichen.

Zu spät!

24.12.2012

Ein Weihnachtsmord! Den würden sie alle bestimmt nicht so schnell vergessen. Tatmotiv: Rache. Selten war das nicht gerade.

Ein Vater, der seine Tochter und seinen Enkel vor einem Monster schützen wollte, das sie geheiratet hatte.

»Warum ausgerechnet an Weihnachten?«, fragte Jeremy den alten Mann.

»Wissen Sie, dieser Mistkerl hatte sie verprügelt und dann die Treppe hinabgestoßen, nur weil sie seiner Ansicht nach zu viel Geld ausgegeben hatte. Für das bevorstehende Weihnachtsfest, wissen Sie? Aber er mochte Weihnachten nicht. Geschenke fand er eine unnütze Geldausgabe.« Herr Hegener schnaubte verächtlich. «Sie hatte dem Jungen doch nur ein Spielzeugauto gekauft«, fügte er leise hinzu.

»Sie war also nicht nur einfach gestürzt?«

»Ganz gewiss nicht. Es war auch nicht das erste Mal, dass er Hand an sie gelegt hatte. Ich sah oft blaue Flecke an ihren Armen. Oder in ihrem Gesicht ... Sie hat nur immer gesagt, ich solle mich nicht einmischen. Sie hatte wohl Sorgen, wegen dem Jungen.«

Jeremy nickte. So etwas kam leider oft vor. »Und was geschah dann?«

»Sie gab mir den Haustürschlüssel, als ich sie im Krankenhaus besuchte. Hat mich angefleht, nach Hermann zu sehen. Also bin ich hin zum Haus und hab den Jungen gesucht. Dieser Teufel hatte ihn geschlagen und in einen Schrank auf dem Dachboden gesperrt. Aber ich habe ihn gefunden und herausgeholt. Hab ihn heimlich mit zu mir nach Hause genommen. Hermann hat mir dann erzählt, was bei ihnen zu Hause wirklich passierte. Es war viel schlimmer, als ich dachte. Und ich fühlte mich schuldig. Ich kannte Otto bereits sehr lange. Er war schon als Junge ein Taugenichts. Es gab viele unschöne Gerüchte über ihn und einiges hatte ich selbst gesehen. Als Marianne sich mit ihm einließ, hätte ich es ihr verbieten sollen.«

Der alte Mann seufzte und blickte traurig zum Fenster hinaus. Dann fuhr er leise fort. »Ich entschloss mich, ihrem Mann ein für alle Mal Einhalt zu gebieten. Ich fragte meinen Enkel, wo sein Vater war, weil ich mit ihm über Weihnachten reden wollte. Er sagte mir, der wäre wie immer unten im Keller. Ich fragte noch: ›Was macht der im Keller?‹, und Hermann sagte, dass der Vater seine Ruhe haben wollte und da unten sei es eben ruhig.«

»Ich holte also meinen alten Karabiner, ging wieder zurück und stattete ihm dort unten einen Besuch ab. Und Peng! Wenn Sie wissen, was ich meine.« Herr Hegener hob seine Hände, als hielte er damit ein Gewehr, und drückte ab.

»Und wozu das Weihnachtsmannkostüm?«

»Das Kostüm gehörte mir. Eine Überraschung hatte es werden sollen, für den Kleinen. Nachdem ich ihn erledigt hatte, habe ich ihm das Kostüm angezogen. Es war ein plötzlicher Einfall. Ach ja … und dann hab ich ihm noch die Platte aufgelegt! Weihnachtslieder sollten ihn auf dem Weg zur Hölle begleiten. Ich hatte noch nie im Leben einen derartigen Hass verspürt.«

»Und die Sache mit dem Dolch?«

»Er ist dauernd nach vorne gefallen, also habe ich ihn mit dem Dolch sozusagen festgehalten. Wissen Sie, ich habe das alles ohne nachzudenken getan. In mir hat es gekocht. Ich kann es nicht besser erklären.«

»Ihre Tochter hätte sich doch auch von ihm trennen können.«

»Otto von Berger war nicht der Typ, von dem man sich einfach so trennte oder den man zur Rede stellen konnte. Er hätte den Jungen behalten. Das hätte sie niemals zugelassen. Aber ich bin mir sicher, er hätte sie irgendwann umgebracht und das konnte ich nicht zulassen.«

»Und der Brief, den er angeblich hinterlassen hat?«

»Den habe ich geschrieben. Marianne sollte glauben, er wäre von ihm. Sie sollte ihn nicht suchen. Ich schrieb, er hätte sie verlassen und sei nach Südamerika abgehauen. Den Zugang zu dem Raum hab ich noch am selben Abend zugemauert.«

»Aber ihre Tochter hat doch sicher von seinem Arbeitszimmer dort unten gewusst, oder?«

»Nein. Nicht speziell von diesem Raum. Den hatte er sich erst vor kurzer Zeit eingerichtet und seitdem durften Marianne und Hermann gar nicht mehr in den Keller. Nach Ottos Verschwinden fand sie dort nur die üblichen

Kellerräume und eine gut verputzte Wand. Marianne hatte mit der ganzen Sache nichts zu tun.«

»Ich habe nur noch eine Frage, Herr Hegener. Warum haben Sie die Musik angelassen? Man konnte sie doch in den Wänden hören. Das muss ihre Tochter doch gemerkt haben.«

»Ja. Die Weihnachtsmusik. Ich dachte der Plattenspieler schaltet sich automatisch aus. Das sollte eigentlich so sein. Ich hatte nicht daran gedacht, dass es ein Perpetuum Ebner Vollautomatik Gerät war, das immer wieder die gleiche Platte abspielt. Ich bemerkte es erst, als der Zugang geschlossen und verputzt war. Also habe ich die Sicherung ausgetauscht und eine kaputte eingeschraubt.«

»Es war in jeder Beziehung eine grausige Geschichte«, sagte Jeremy abschließend, nachdem er sie den anderen erzählt hatte. Missbrauch und Mord. Solche unschönen Dinge geschahen leider auch an Festtagen und hinter den Fassaden schöner Häuser.

Was mit Herrn Hegener nun geschehen würde, war Polizeiangelegenheit. Mit einer Gefängnisstrafe war in seinem Alter wohl kaum zu rechnen. Aber der Fall war aufgeklärt und Jeremy konnte nun endlich doch noch die Feiertage genießen.

Das Festmahl bei den Marbles war köstlich gewesen. Alle saßen zusammen im Wohnzimmer, knackten Nüsse und naschten vom Weihnachtsgebäck. Dazu gab es Likör und Glühwein.

Liz hatte alles, was mit dem Mordfall zu tun hatte, in eine Kiste gepackt und vorläufig weggestellt. Dafür stand dort jetzt aber die schön geschmückte Tanne.

Jeremy sah zu dem funkelnden Weihnachtsbaum in der Wohnzimmerecke. Im Kamin knisterten fröhlich die Holzscheite. Entspannt betrachtete er das Glas mit der bernsteinfarbenen Flüssigkeit in seiner Hand. Seine ehemaligen Kollegen von der Universität hatten behauptet, er werde sich wahrscheinlich schon bald in seiner neuen Heimat langweilen. Die hatten ja keine Ahnung.

Er hob das Glas und lächelte seine Frau und seine Freunde an. »Auf die aufregendsten Feiertage ever, meine Lieben! CHEERS ...«

03.01.2013

Jeremy saß vor seinem Computer in der Detektei. Der Alltag hatte ihn wieder und zwei neue Fälle lagen zur Begutachtung in der Ablage auf seinem Schreibtisch. Er wollte gerade anfangen, den ersten zu lesen, als es an der Tür klopfte.

Es war Emmi. »Chef, erinnern Sie sich noch an das Tagebuch des Weihnachtsmann-Falls?«

»Der Fall ist abgeschlossen. Ich hatte es tatsächlich vergessen.«

»Nun, die Übertragung in moderne Schrift wurde dennoch gemacht. Es sind nur wenige Seiten. Ich habe sie hier im Umschlag, wollen Sie sie noch haben?«

»Ja doch, natürlich. Legen Sie ihn doch einfach hier auf den Tisch. Vielen Dank.«

Vermutlich standen auf den Seiten keine Neuigkeiten, die für den Fall relevant sein würden. Der alte Hegener hatte den Mord ja gestanden. Aber Jeremy war neugierig.

In keinem der Tagebucheinträge gab es etwas Besonderes zu lesen, bis auf den letzten. Es handelte sich dabei um einen kurzen Brief an Hermann von Berger:

Harreshausen, den 04.01.1963

Mein geliebter Hermann,

Ich weiß nicht, ob ich je den Mut haben werde, Dir diesen Brief zu geben. Dennoch muss ich ihn schreiben. Ich muss!

Denn es lastet schwer auf meinem Gewissen.

Du weißt, mein lieber Sohn, wie sehr wir beide unter Deinem Vater gelitten haben. Dennoch sehe ich Deine traurigen Augen, und es kommt mir vor, als würdest Du ihn doch vermissen.

Ich weiß nicht, ob Du eines Tages das Leid vergessen kannst.

Ich hoffe es aus ganzem Herzen. Denn was immer ich auch tat, ich habe es nur für Dich getan.

Damit Du, trotz aller Umstände, ein glückliches Leben führen kannst.

Und ich hoffe, Du wirst es mir eines Tages verzeihen können, dass ich ihn aus unserem Leben entfernte.

Er sitzt nun für immer in seinem geliebten Arbeitszimmer.

So Gott es will, wird man ihn niemals dort finden.

Dein Großvater hat alles Nötige veranlasst. Auf ihn konnten wir schon immer zählen.
Deine Dich liebende Mutter,
Marianne

Fichtenschlachten

Magnus Haensler

Wie schwer konnte das sein?

Ein verdammter Tannenbaum ... Generationen seiner Väter und Vorväter waren in den Wald gegangen und hatten *den Baum geschlagen*. So war es gewesen, so wollte es die Tradition – und nun verbot es ein Gesetz?

Das war ja lächerlich ...

Das falunrote Haus, das sie seit sechs Jahren bewohnten, hatte immer einen Weihnachtsbaum gehabt. Immer.

Selbst in dem Jahr, in dem sie Weihnachten im Krankenhaus mit seiner Schwiegermutter verbracht hatten – einen Baum hatte es gegeben. Zu gerne hätte er ihn mit seinem Sohn im Wald geschlagen. Das hatte etwas angenehm Archaisches, war fast ein wenig, als ginge man auf die Jagd. Das durfte man im Übrigen noch. Lebendige Tiere erschießen – das war okay. Aber die Fichte, die sollte angeblich das verdammte Klima retten.

Sicher ...

Aber weil es nun einmal verboten war, hatten sie sich darauf geeinigt, dass er ohne seinen Sohn in den Wald ging. Wenn es dunkel war.

Arvid Valquist, sein Nachbar, hatte natürlich angeboten, dass er das Problem lösen könne, aber Gunnar hatte diese Lösung gar nicht erst hören wollen. Sein Nachbar Arvid konnte immer alle Probleme lösen. Deshalb bewunderte Gunnars Frau ihn auch so sehr. Arvid hatte die tollere Farbe am Auto, trank den interessanteren Wein, fing die interessanteren Fische ... Deshalb hatte Gunnar auch nichts davon wissen wollen, wie sich dieses Problem lösen ließ. Und so war er heute Abend still und leise losgezogen und hatte sich heimlich in den Wald begeben.

Es würde ja wohl mit dem Teufel zugehen, wenn sie Weihnachten ohne Baum zubrachten. Und nach Stinarslund raus zu fahren und einen Baum zu kaufen kam nun wirklich nicht in Frage. Er hatte seinen ersten Baum damals mit 14 geschlagen. Da würde er jetzt mit 39 nicht plötzlich damit aufhören. Man hörte auf, den Baum zu schlagen, wenn Enkel da waren – auf keinen Fall früher.

Der Wald zog sich und war selbst jetzt in der Dunkelheit immer noch ungewöhnlich hell durch den Schnee. Erst nach gut zehn Minuten hatte er eine Stelle gefunden, die abgeschieden genug war und gleichzeitig Bäume bot, die repräsentativ genug waren, um sie in ein Zimmer zu stellen. Ihm waren Bäume lieber, die man vor das Haus stellte. Aber so einer würde nur schwer auf den Wagen passen und er würde ihn nicht alleine aufs Dach hieven können.

Er wendete den Wagen, rollte ein Stück vor und blickte durch die große Frontscheibe. Dann ließ er den Motor absterben und lauschte. Niemand zu sehen, kein Mensch unterwegs. Warum auch? Es war spät abends und er war fern der Zivilisation. Dennoch startete er den Motor noch einmal, fuhr seinen Wagen weiter nach rechts, damit im Zweifelsfall ein weiteres Auto passieren konnte. Erziehungssache – nicht im Weg stehen. Typen wie sein Nachbar Arvid – die hätten ihren Wagen mitten im Weg stehen lassen. Die scherten sich nicht um solche Dinge. Die beeindruckten lieber die Nachbarin ...

Er raffte sich auf, schloss die Jacke bis zum Hals und zog die grobe Mütze über die Ohren. Dann öffnete er den Kofferraum. Sollte er die Säge mitnehmen? Er entschied sich dagegen. Er würde mit der Axt starten und später die Säge holen, wenn es überhaupt notwendig war.

Er stapfte ein paar Schritte in die kleine Schonung hinein, wo die Nadelbäume noch nicht so groß waren. Halb Schweden bestand aus Nadelbäumen – die meisten davon waren Fichten, das wusste er noch aus Schulzeiten. Und offensichtlich gab es genügend kleine – der Nachwuchs war sichergestellt. Wie konnte die Regierung da das Baumfällen verbieten? Und warum durften professionelle Händler dennoch Weihnachtsbäume verkaufen? Zumal die meisten nicht einmal Schweden waren. Irgendwelche Letten, Litauer, Russen – solche Kerle hatten jetzt die Hand auf dem Weihnachtsbaum!

Unfassbar.

Er leuchtete mit der Taschenlampe nach oben, überprüfte ein paar der Bäume, schaute sich noch einmal um. Dann hatte er sich auf einen Baum fixiert. Der war etwas hoch, würde aber auf den großen Volvo passen. Im Haus würden sie ihn so stellen können, dass er bis zur Decke reichte. Ein guter Baum. Er würde die Tragegurte brauchen, um ihn bis zum Auto zu bekommen. Nun musste er einen Moment überlegen. Hatte er das ausreichend zu Ende gedacht? Würde er einen Baum dieser Größe auf das Dach des Wagens hieven können?

Ja ... Wenn er die Gurte als Umlenkung verwendete – wie bei einem Flaschenzug. Das sollte funktionieren.

Ein letztes Mal sah er sich um, obwohl das ja Blödsinn war, dann griff er die Axt fester, hieb einen Zweig ab, schlug zwei weitere mit Leichtigkeit zur Seite und hatte endlich freies Schlagfeld.

So hatte sein Vater ihm das damals beigebracht. Ingvar, sein Opa, hatte lächelnd danebengestanden. Daran erinnerte er sich sehr genau. Er war 14 gewesen. Und das nächste Weihnachten hatte sein Opa nicht mehr erlebt. Aber die beiden hatten ihm gezeigt, wie man den Baum schlug. Vor 25 Jahren ...

Ein Hieb, zack! Holz splitterte zur Seite. Noch ein Hieb – großes Kino – der hatte gesessen! Er holte aus, noch ein Hieb. Hm ... okay, der ging leicht daneben. Er spürte das Gewicht der großen Axt bereits. Ein weiterer Schlag, noch einer ... man konnte den Fortschritt erkennen.

Moment – war da ein Geräusch gewesen? Er lauschte – Stille. Für einen Moment hatte er geglaubt ein Auto zu hören. Noch ein Schlag – Zack. Perfekt.

Ja, so konnte das in wenigen Minuten geschafft sein. Er holte aus, zack, holte wieder aus.

Prmpf!

Hm? Erschrocken blickte er hinter sich. Er hatte das Gefühl gehabt, gegen etwas gestoßen zu sein. Etwas Weiches. Aber da war nichts.

Er blickte auf den Boden.

Ah! Jesusmariaundjosef! Dort lag ein Mann und krümmte sich vor Schmerzen. Er hielt sich die Hand ins Gesicht. Um Himmels willen – hatte er dem etwa gerade die Axt ...?

»Hey!« Er machte zwei große Sätze, kniete sich neben dem Mann zu Boden. Auch bei dem wenigen Licht konnte er klar erkennen, dass dieser Mann sich das Gesicht hielt. Er gab beängstigende Laute von sich und ... oh nein! Da quoll Blut unter seinen Händen hervor.

»Hey ...! Was ist passiert? Um Gottes ... Hab ich dich ...?« Er starrte entsetzt auf den Mann herunter, der dort am Boden lag und nun den Schnee vollblutete. Hier war etwas ganz Furchtbares geschehen. Als die Erkenntnis einsetzte, spürte er ein Rauschen in den Ohren, dann wurde ihm schwindlig und er stützte sich mit den Händen ab. Was hier gerade passiert war, würde sein Leben verändern.

Dann fiel sein Blick auf die graue Jacke des Mannes, auf das Schweizer Symbol auf der Seite, den helleren Einsatz. Er kannte diese Jacke.

»Arvid?« Er ließ sich auf die Knie fallen.

»Mhhmmh...«, schrie der Verwundete schräg unter seinen Händen hervor und wand sich immer wieder um.

»Arvid?? Was ... wie bist du ... lass mich dein Gesicht mal ansehen – was ist passiert?« Er robbte voran, hielt

Arvids Arme, der erneut ein qualvolles Geräusch von sich gab und etwas rief wie *MEINAUGEICHKANNNNICHT*.

Schließlich gelang es Gunnar, einen Arm zu greifen und vorsichtig zurückzuziehen. Arvid hielt dagegen, aber es gelang Gunnar mit viel Kraft, Arvids Hand zurück zu ziehen.

Und dann konnte er es sehen.

Erschrocken ließ er die Hand wieder los.

Arvids schmerzerfüllte Geräusche wurden immer schlimmer, sein Körper zuckte und er drehte sich zur Seite, wusste nicht, wie er mit diesen Qualen umgehen sollte. Die Rückseite der Axt hatte ihn quer im Gesicht getroffen. Seine Nase war nicht einfach gebrochen. Sie war eingedrückt, vermutlich hatte er ihn auch im Schädel schwer verletzt. Sein Auge war ... so genau hatte er nicht hingesehen. Aber es sah aus wie ein Blutklumpen.

Er hatte es zerstört.

Um Gottes Willen – die Schmerzenslaute – er konnte sie nicht ertragen, wollte sich die Ohren zuhalten. Eine Sekunde wollte er zum Wagen rennen, den Verbandskasten holen. Aber was sollte er gegen eine solche Wunde mit ein paar Mullbinden und Pflastern ausrichten?

Er brauchte einen Moment zum Nachdenken. Er stand auf, blickte sich hektisch um.

Er war kein Arzt – aber diese Wunde ... Das würde Arvid für ein Leben zeichnen! Diese Geräusche! Seine Frau würde ihn hassen, weil er diesen unglaublich tollen Mann so entstellt hatte. Und Arvids Frau würde ihn hassen. Und sie würden neben ihnen leben müssen und Arvid jeden Tag mit seinem halben Gesicht über den Zaun ... Und welche Strafen drohten ihm? Er hatte das nicht absichtlich getan! Der blöde Arvid. Er hatte sich angeschlichen! Im toten Winkel!

»Arvid! Sei kurz still ...! Ich muss ...« Ja – was eigentlich? Denken musste er, er brauchte einen Moment Ruhe, griff nach der Axt, holte aus und ließ sie mit einem kurzen scharfen Rauschen nach unten sausen.

Dann war es still.

Stille.

Ruhe.

Er spürte, dass seine Rückenmuskulatur sich verkrampft hatte. Jetzt entspannte sein Körper sich leicht. Gunnar schaute zum Boden herunter. Er ... hatte er das gerade wirklich getan? Sein Blick glitt wieder zu Arvid. Er hatte ihm den Schädel gespalten. Mit einem einzigen gezielten Schlag. Tatsächlich: das hatte er getan!

Langsam glitt er auf die Knie, konnte seinen Blick nicht von dem zerteilten Schädel abwenden. Der klaffte in der Mitte, war geteilt, lag seitlich weg gekippt da. Von diesem Kopf gingen keine Schreie mehr aus.

In diesem Körper gab es kein Leben mehr, keine Gegenwehr. Es hatte wieder zu schneien begonnen. Oder schneite es schon länger? Er wusste es nicht.

Was jedoch langsam in seinen Schädel einsickerte: Er hatte gerade jemanden getötet. Ein Leben beendet. Und das durfte niemand erfahren. Er wusste das – sonst niemand. Und so musste es bleiben! Sonst wäre alles vorbei.

Sein Sohn war acht, seine Tochter sechs Jahre alt. Wie würde er denen das erklären? Ahh – es würde noch schlimmer sein. Er wäre im Gefängnis. Ihre Mutter müsste die Erklärung übernehmen. Er schüttelte den Kopf. Wenn sie ihn für einen Mörder hielten, könnte er ihnen nie wieder unter die Augen treten.

Seine Gedanken überschlugen sich, drifteten einen ganzen Moment lang einfach weg und waren nicht mehr einzufangen. Es hatte vermutlich eine ganze Minute gedauert, bis er dadurch erschüttert wurde, dass Arvid ein zischendes Geräusch von sich gab. Augenblicklich konnte er seinen eigenen Puls fest und schmerzhaft oben im Hals spüren.

Bobbomm – Bobomm – Bobommm!

Er starrte auf Arvids Körper, aber es regte sich nichts. Arvid war tot, wie jeder Mensch, der einen gespaltenen Schädel hatte. Irgendeine Reaktion des Körpers hatte es da gegeben. Sonst nichts. Reine Biologie. Er griff nach der Axt, zog sich mehr oder weniger an ihr hoch, stützte sich auf sie wie auf einen Krückstock.

Gunnar schaute nach rechts und links, nahm den Wald bewusst wahr und hörte auf das gewaltige Nichts des dauernden leichten Rauschens, das die Nadelbäume von sich gaben, das eisige Knistern des Schnees.

Er konnte nichts dafür, oder? Es war ein Unfall gewesen. Ein klassischer Unfall. Zumindest vor seinem zweiten Schlag mit der Axt war es das gewesen.

»Welcher Vollidiot ...«, murmelte er und setzte tonlos fort *schleicht sich von hinten an einem Mann mit einer Axt heran?* Wie dämlich musste man denn da sein?

Und nun saß er da mit einem Toten. Der war so richtig tot, eine Leiche ... Er hatte in seinem Leben erst einen toten Menschen gesehen – Ingvar, seinen Opa. Und der war geschminkt gewesen, hatte beinahe ein wenig künstlich gewirkt in seinem Sarg, wie eine Wachsfigur.

Was machte man mit einem Toten? Was sollte man mit einer Leiche tun, um sie loszuwerden? Wie machten die das im Fernsehen immer? Gewichte an die Füße und dann in einen See ...? Zerteilen und im Wald verteilen? Hier gab es doch Wildtiere ... Die mussten doch Hunger haben in den langen kalten Nächten im Dezember?

Was war es? Woran erkannte man einen Toten? Die Fingerabdrücke vielleicht. Und die Zähne! Genau. Wenn eine Leiche weder Fingerabdrücke hatte noch Gebiss ... Wie würden sie seinen Nachbarn dann erkennen können?

Sie würden ihn nicht erkennen können.

Eine Leiche ohne Hände und ohne Zähne ... Er blickte hinunter auf den Toten. Am Anfang hatte er Arvid durchaus gemocht. Ein schlagfertiger Typ, witzig, hilfsbereit. Irgendwann hatte er es dann aber auch nicht mehr hören können. Immer wieder all die Dinge, die er besser machte. Der super Urlaub, seine Kochkünste. Gunnar kam sich zweitklassig vor neben ihm. Das hätte er nie zugegeben, sicher. Aber – aber gar nichts! Verdächtig war er deswegen ja nicht.

Dieser Typ... Eigentlich hatte er es verdient. Ein Schritt vor. Sein Kiefer verkrampfte sich, dann zog er seinen Arm vor, konzentrierte sich. Das war eine ganz mechanische Sache. So, wie die kleinen Äste ... ZACK! Die erste Hand rollte unerwartet weit zur Seite. Hm ... Das war nicht so schwer gewesen. Erst jetzt ging ihm etwas vollkommen anderes durch den Kopf. Arvid musste mit dem Auto hier sein. Anders konnte er unmöglich so weit in den Wald gekommen sein.

Okay – darum würde er sich auch kümmern. Er ging konzentriert um die Leiche seines Nachbarn herum, zog den Arm leicht hervor und schlug die zweite Hand ab. Dann öffnete er seine Jacke, schaute bewusst nicht auf das zerstörte Gesicht und erhob sich. Er nahm die Axt in beide Hände, holte aus, drehte sich im letzten Moment ruckhaft zur Seite – und übergab sich heftig auf den verschneiten Waldboden. Ein eigenartiges Rülpsen drang aus seiner Kehle. Er übergab sich erneut. Die Information dessen, was er gerade getan hatte, war in seinem Körper angekommen.

Er brauchte einen Moment des Verschnaufens. Sein Atem beruhigte sich ein wenig. Der Bach kam ihm in den Sinn. Der war vielleicht 300 Meter von hier waldeinwärts. Das wusste er nur, weil der Hund dort einmal hingelaufen war. Da kam niemand einfach so hin, da gab es keinen Weg. Aber wenn es ihm gelang, den Körper in ein fließendes Gewässer zu legen ... Das würde sicherlich auf lange Sicht alle möglichen Fingerabdrücke und was es sonst noch gab, verwischen, abwaschen, vernichten ...

Und dort hinten ... selbst, wenn ihn ein Förster finden sollte ... das würde Wochen dauern.

Er sammelte sich noch einmal, würgte kurz, konzentrierte sich noch einmal – ZACK! Der Schädel rollte mechanisch zur Seite. Erst jetzt ging ihm durch den Kopf, dass er das noch nicht vollkommen zu Ende gedacht hatte. Jetzt war der Schädel zwar nicht mehr an der Leiche – aber irgendwohin musste der schon ...

Er atmete durch, fokussierte sich wieder. Dann nahm er die blutige Axt, legte sie kurz am Rande des Wegs ab, ging weiter zum Auto und nahm eine starke Klappbox mit beiden Händen aus dem Kofferraum sowie zwei große Folien, in die er eigentlich den Baum einwickeln wollte. Er ging mit beidem zurück. Dort legte die kleinere Folie in die Klappbox, griff den gespaltenen, blutige Schädel, dann die beiden Hände – froh, dass er Handschuhe trug. Die würde er heute Nacht noch vernichten. So viel war klar. Aus dem Schädel tropften diverse Flüssigkeiten und er hatte das tote Gesicht zielsicher nach unten gewandt. Wenn er morgen aufwachte, dann wollte er nicht hinter Gittern aufwachen – er wollte seinen Sohn in den Arm nehmen, Weihnachten feiern ...

Er breitete die Folie auf dem Boden aus. Dann rollte er Arvids restlichen Körper auf die Folie, schob das obere Ende so, dass er es gut greifen konnte und begann, den Körper über den Boden zu ziehen. Nach einer Weile war er nass geschwitzt. Er öffnete die Jacke, wandte sich um und zog die verstümmelte Leiche hinter sich her. Das ging auf die Schultern, das schmerzte, erleichterte die Sache aber erheblich.

Dennoch musste er nach wenigen Minuten eine Pause machen. Er schaute auf die Uhr. Okay ... er musste auf die Tube drücken. Also raffte er sich wieder auf. Das hier war noch nicht erledigt.

Als er an dem kleinen Bach ankam, war er erstaunt, wie tief der lag. Also schob er den Toten an die Kante und gab ihm einen Schubs über die Plane hinaus. Er beobachtete, wie sein Körper rumpelnd die drei oder vier Meter herunterpolterte und schließlich bäuchlings im Bach zum Liegen kam. Das frische, laut plätschernde Wasser des Gebirgsbaches bahnte sich einen Weg um ihn herum, änderte hier und da seine Fließrichtung und sein Nachbar wurde Teil der Bachlaufes, wo er ...

Verdammt!

Vorsichtig kletterte er über die Böschung herunter. Das nahm mehrere Minuten in Anspruch, weil er sich an dem rutschigen Abhang nicht die Knochen brechen wollte. Schließlich kam er an, drehte den Toten vorsichtig um, griff in dessen Innentasche, fand Handy und Autoschlüssel, einen Geldbeutel. Dinge, die er benötigte.

Wasser war in seinen Schuh eingedrungen. Der Weg hinauf war deutlich beschwerlicher und einmal fiel er nach vorn, schlug fest mit der Hand auf und musste eine Pause einlegen.

Im Fernsehen wirkte das einfacher.

Oben angekommen rollte er die Plane umständlich und vorsichtig zusammen, um sicherzustellen, dass sich das

Blut unten in der Mitte befand. Er klemmte sich die Plane zusammengerollt unter den Arm, wie man das früher mit Zeitungen manchmal gemacht hatte.

Zeitungen ... Die würden Arvid auf den Titelseiten haben. Er hatte eine gewisse lokale Bekanntheit erlangt in den letzten Jahren, das war unbestreitbar.

Nach wenigen Minuten kam er dort an, wo er eigentlich nur einen Baum schlagen wollte. Das war der Plan des Abends gewesen. Nichts anderes. Dieser verdammte Arvid! Welcher Vollidiot schlich sich ... Ach – jetzt war es auch zu spät. Er hielt inne, spürte in seinen Körper hinein. Er war nass geschwitzt. Unten an den Aufschlägen seiner dicken Jacke konnte er Blut erkennen. Darum musste er sich kümmern. Er musste sich um so vieles kümmern. Doch zunächst nahm er die Klappbox mit dem Schädel an sich, ging die wenigen Schritte zum Wagen zurück und fragte sich, wo Arvid seinen Wagen geparkt hatte. Ein Plan war in seinem Kopf gereift.

Er lud die Box ein, schaute den Weg hinunter und konnte nichts erkennen, was ihm jetzt bedrohlich erschienen wäre. Da war nur ein leerer Wald. Also stieg er in seinen Wagen, fuhr den Waldweg hinunter und entdeckte Arvids Auto schließlich leicht abseits, gute 200 Meter unterhalb der Stelle, an der er Gunnar im Wald gefunden hatte.

Er griff sich Arvids Schlüssel, lud die Klappbox in dessen Kofferraum um und wendete. Dann fuhr er ein Stück den Wald hinab, bog links ab, fuhr einige Meter und hielt den Wagen an. Er stieg aus, entnahm dem Kofferraum die Plastikbox und ging ruhig zu dem See, der am Ende des Weges lag. Der war auch bei näherer Prüfung perfekt.

Er griff den Schädel, holte aus und Sekunden später klatschte er ins Wasser. Dann Arvids rechte Hand in die eine Richtung, die linke Hand in die andere Richtung in den Wald. Darum sollten sich die Tiere kümmern. Zurück am Wagen lud er die Box samt Plane in den Kofferraum. Anschließend setzte er sich seitlich auf den Fahrersitz, ließ die Fenster herunter, startete den Motor, legte den Gang ein und ließ den Wagen rollen. Nach wenigen Metern hüpfte er seitlich hinaus, schlug die Tür zu und schaute dem Wagen hinterher, der auf den See zurollte.

Es dauerte keine zehn Sekunden, bis der Wagen über den kleinen Abhang hüpfte und in den See platschte. Das Wasser drang durch die offenen Fenster rasch ein, der Wagen glitt tiefer in den See. Die Spuren würden bereits in zwei oder drei Stunden nicht mehr zu sehen sein, wenn es so weiter schneite.

Gunnar wandte sich um, zog die Jacke aus, rollte sie fest zusammen. Er wollte die blutige Jacke nicht in der Hand haben, ekelte sich vor dem leicht metallischen Geruch. Er begann, in leichtem Trab zurück zum Wagen zu laufen. Das war ein guter Kilometer und als er schließlich ankam, war er vollkommen ermattet. Er trug grobe Schuhe und der Schnee bot nicht überall gleichmäßig viel Halt. Puuuhhh... Das war mehr als nur anstrengend.

Er schleuderte die Jacke in den Kofferraum, ging ums Auto herum und setzte sich schließlich. Er startete den Motor, aktivierte die Sitzheizung und saß eine ganze Weile starr, aufrecht und ebenso angespannt wie geistig abwesend im Wagen.

War das gerade wirklich alles passiert? Ein Mörder ... das war doch ein übler Mensch. So ein mieser, niederträchtiger. Einer, den man ins Gefängnis sperrte. Er konnte das nicht in sich fühlen, erspürte das nicht. Aber nun, da er einen Moment Zeit hatte, über all das nachzudenken, was er getan hatte, begann er zu zittern. Seine Hände wurden taub und kalt, wie er es in 39 Jahren noch nie erlebt hatte. Es fühlte sich an wie ein Schüttelfrost und es gelang ihm gerade noch mit wackeliger Hand, die Heizung im Wagen voll aufzudrehen. Aber die kam gegen diese tiefe, innere Kälte, die ihn befallen hatte, nicht an.

Hätte man Arvid retten können?

Die unkontrollierten Zuckungen seines Körpers ließen langsam nach, als er begriff, dass die Sache hier noch nicht zu Ende war. Er hatte keinen Baum, er war schon eine ganze Zeit weg.

Hatte er nicht bei Ytlamark auch einen Händler gesehen, der Weihnachtsbäume verkaufte? Das lag auf dem Weg. Er schnappte sich einen Pulli von der Rückbank und fuhr zaghaft los, vorsichtig, als könne er etwas zerstören.

Er fuhr ohne Musik – das hatte er schon seit Jahren nicht getan.

15 Minuten später hatte er einen Baum auf dem Dach – einen ohne die übliche Verpackung. Es war ein Wunder gewesen, dass der Typ noch da war – um diese Zeit. Er

hatte den Mann gebeten, die Verpackung zu entfernen. Schließlich war das sein Baum, den er gerade eben aus dem Wald ... Eigenhändig, wie echte Kerle das eben mit Bäumen machen ...

Er spürte, dass ihm Tränen über das Gesicht liefen und er hätte anhalten sollen. Mit der linken Hand rieb es sich über die Augen, drehte die Heizung herunter. Mit dem Pulli war es ihm jetzt zu warm. Oder drehte sein Körper jetzt durch? Die Tränen rannen ihm nach wie vor ... POFF!

Was zur Hölle ...? Er latschte unvorsichtig auf die Bremse, kam ins Rutschen, fing den Wagen aber rasch wieder ein. Warnblinker an, Rückwärtsgang. Er setzte einige Meter zurück auf der leeren Straße, bis die Rückfahrkamera im mittlerweile dichten Schneetreiben etwas erfasste. Da lag ein Tier auf der Straße. Es zuckte noch.

Oh nein ...

Er hüpfte schnell aus dem Wagen, öffnete den Kofferraum, zog rasch die Jacke gegen die bittere Kälte an und lief die letzten Meter hektisch zu dem Tier hin. Was war das? Ein Hund? Ein junges Reh?

Nein – Als er näherkam, erkannte er, dass er einen Fuchs angefahren hatte, der jetzt eigenartig verbogen am Rande des Straßengrabens lag. Das Tier zuckte noch immer. Er trat dichter an ihn heran und der Fuchs schnappte nach ihm, zuckend, verzweifelt.

Gunnar erhob sich, biss sich auf die Hand vor Verzweiflung. Er besaß keine Waffe, mit der er den armen Fuchs hätte erlösen können.

Schließlich kniete er sich herab zu dem Tier. Er spürte, dass dessen Widerstand nachgegeben hatte. Der Fuchs lag flach, atmete röchelnd und Gunnar zog ihn an sich heran, weinte leise, nahm den Fuchs auf seine Knie, als er plötzlich spürte, dass die Muskelspannung aus dem Tier wich.

Im stetig hell und dunkel wechselnden Orange seines Warnblinkers erkannte er einen Wagen. Das Auto, das ihm entgegenkam, war ein großer Kombi. Der wurde langsamer, zog hinter ihm schließlich auf seine Spur, schaltete ebenfalls den Warnblinker an und schirmte ihn so von anderen Fahrzeugen ab.

Er starrte leicht entsetzt auf das Kennzeichen Er kannte den Wagen.

Die Tür ging auf und er sah die blonde Inger Valquist aus dem Wagen springen. Er starrte sie voller Entsetzen an. Wie konnte ausgerechnet sie, ausgerechnet hier ...?

»Gunnar – um Himmels Willen!« rief sie bereits, als sie von den umherirrenden Flocken noch halb verdeckt wurde. »Du bist ja voller Blut!«

»Ich ...« Er blickte an sich herunter, mied Ingers Blick. Ja, er war voller Blut, aber er fürchtete, dass der größte Teil davon nicht von dem armen Fuchs herrührte, sondern vielmehr 40 Jahre durch die Adern ihres Mannes geflossen war.

»Inger ...«

»Hast du den Fuchs angefahren?«

»Er ist mir direkt vors Auto gelaufen ...«

»Gunnar! Deshalb musst du doch nicht weinen. Mein Gott, es ist doch nur ein Fuchs! Ist ja nicht so, als hättest du jemanden umgebracht. Na gut – ja, den Fuchs – aber von denen haben wir hier ja nun wirklich mehr als genug. Kann ich dir helfen?«

»Ich ... Nein. Ich denke, ich werde die Polizei rufen.«

»Ach! Jetzt sei doch nicht gleich so regelhörig ... Soll ich dir sagen, was Arvid tun würde?«

Er starrte sie einen Moment stumm an. Dann bückte sie sich plötzlich unerwartet zum ihm herunter, griff den Fuchs fest an seinem buschigen Schwanz und zögerte keine weitere Sekunde, bevor sie ausholte und das Tier zwischen die Fichten warf, die die Straße säumten.

»Inger!« Er blickte sie an, blickte in den Wald, schaute wieder zurück zu ihr.

»Hey ... was meinst du, was das für einen Rattenschwanz nach sich zieht? Das ist ein blöder Fuchs. Arvid hat auch schon zwei auf dem Gewissen. Er hat das immer so gehandhabt.« Sie lächelte jetzt. Gunnar lächelte nicht.

»Hast Du Arvid eigentlich getroffen?«

»Arvid?? Getroffen? Wo ... hätte ich ihn ...?« Er erhob sich. »Ich ... Waren wir etwa verabredet? Entschuldige, ich habe das scheinbar ...«, murmelte er vage.

»Nein, wir waren nicht verabredet. Aber Arvid hat dich gesucht. Wir waren vorher drüben bei Euch. Arvid hat von einem Geschäftspartner einen Gutschein bekommen. Weisst du: so einen, mit dem man in bestimmten Gebieten einen Weihnachtsbaum selbst fällen darf! Das wolltest du doch so gern ...« Sie lächelte jetzt und es fühlte sich warm an.

»Ja ... ich war vorher allerdings im Wald ...« Er deutete auf das Dach seines Wagens.

»Oh ... Dann habt ihr euch also nicht ...? Komisch. Arvid hat vorher mit deiner Frau telefoniert. Und dann hat er irgendwann gesagt, dass er dich gefunden hat.«

»Hä? Nein ... da muss er sich geirrt haben. Davon weiß ich nichts.«

»Warte, ich rufe ihn an.« Sie hatte ihr Handy gezückt, bevor Gunnar auch nur ansatzweise reagieren konnte. Arvids Handy war in der großen Tasche seiner Jacke ... gleich würde es anfangen zu klingeln! Um Gottes Willen! Dafür hatte er ... es gab keine Erklärung dafür! Wie sollte er denn ...?

»Komisch ... es klingelt ... Aber er geht nicht ran ...« erklärte seine Gattin mit gekräuselter Stirn.

Gunnar war erstarrt. Erneut spürte er eine eigenartige Kälte in seinen Fingern und wieder war da dieses Rauschen in seinen Ohren. Er musste sich beherrschen, um nicht zur Seite zu kippen. Für eine Sekunde wurde es ihm beinahe schwarz vor Augen. Dann ging ihm eins auf. Er hatte seine Jacke fest in den Kofferraum gefeuert, hatte sich vor dem blutigen Objekt geekelt.

Hatte ihn das gerettet? War das Handy dabei aus der Jacke gerutscht?

»Gott, ist das kalt«, murmelte er.

»Ja ... Wenn du ...« Sie blickte Gunnar konzentriert an, »Wenn du ihn nicht getroffen hast, dann weiß ich gar nicht recht, wo ich ihn suchen soll ...«

»Inger ... Arvid ist doch kein Baby mehr. Den musst du doch nicht suchen.«

»Ja ... Ich fahre vielleicht noch hoch bis zum zweiten Waldweg oder so. Wenn er da nicht ist, drehe ich wieder um. Deine Frau macht eh gerade Glühwein. Da ist Arvid selbst schuld, wenn er sich irgendwo herum treibt, oder?« Sie schlug ihm vertraut auf die Schulter.

Gunnar lächelte verkrampft, spürte aber, dass er jetzt wieder stabil stand. »Mh ... sicher. Ich muss heim ... das ganze Blut ... furchtbar ...«

»Ja – du siehst echt aus wie ein Killer ...« Sie hatte sich schon halb umgedreht und rief noch »Wir sehen uns gleich zum Glühwein!« Dann huschte sie zu ihrem Kombi, fuhr los und schaltetet den Warnblinker erst an der nächsten Kurve wieder aus. Wie immer fuhr sie für Gunnars Geschmack zu schnell, vor allem bei diesem Schneetreiben.

Eine Minute später hatte er das Handy aus dem Kofferraum gefingert und warf es tief in den Wald. Ebenso die anderen Dinge, die ihn verraten konnten.

Eine Woche später feierten sie Weihnachten. Inger leistete ihnen Gesellschaft. In unregelmäßigen Abständen weinte sie leicht. Gunnars Frau tröstete sie. Es fiel beiden schwer, sich vorzustellen, dass Arvid sie verlassen hatte.

Dass er die Axt im Wald vergessen hatte, ging ihm erst am zweiten Feiertag auf.

Ein todsicherer Plan

Mona Moldovan

3. Dezember

Ich kratze mich am Kopf und schweige.

Nicus Augen glänzen. Er fuchtelt wild mit den Armen, während er immer lauter spricht. »Es ist ein todsicherer Plan, mein Lieber. Du wirst sehen. Diesmal kann nichts, aber absolut nichts schiefgehen. Und zu Weihnachten sind wir zu Hause mit einem Benz voller Kohle und Geschenke. Wie die Könige werden sie uns empfangen!«

Ich schaue meine schmutzigen Fingernägel an und schweige weiterhin.

Nicu schreit fast vor Begeisterung. Seine Stirn glänzt mit seinem fettiges Haar um die Wette.

Ich höre nicht mehr zu, ich habe genug gehört. Dieses Mal, hat Nicu gesagt. Dieses Mal. Was soll dieses Mal anders sein?

Wir sind nun seit fast zwei Jahren in München auf der Suche nach Glück. Eigentlich nach Geld. Meine Frau und meine Kinder in Rumänien werden nicht geduldiger, je länger sich das hinzieht. Aber andererseits, was bleibt mir übrig? Es war Nicus todsichere Idee, nach Deutschland zu gehen. Und wir haben es, weiß Gott, mit ehrlicher Arbeit versucht. Zunächst auf der Baustelle. Es war harte Arbeit, bei Wind und Wetter, wenig Geld, aber immerhin mehr als wir zu Hause bekommen, wenn wir überhaupt Arbeit finden. Eines Tages stellte allerdings jemand fest, dass wir keine Papiere hatten und wir landeten sprichwörtlich auf der Straße, da wir unser Bett im Wohnheim nicht mehr zahlen konnten.

Dann versuchten wir es als Aushilfen im Augustiner Biergarten an der Hackerbrücke. Der Sommer war kurz, es regnete die ganze Zeit und dann flogen wir in hohem Bogen raus, als in der Kasse eine gewisse Summe fehlte. »Wir sind keine Diebe«, habe ich versucht zu erklären, aber man hat uns eh nicht geglaubt. Und wer weiß schon, was die Wahrheit ist. Nur Gott. Nicu behauptet bis heute, nichts genommen zu haben, aber ich habe gehört, dass seine Frau in unserem Dorf im Süden Rumäniens eine neue Waschmaschine gekauft hat. Und dass seine Geliebte im Nachbarort sich mit einer neuen Kette aus achtzehn Karat Gold schmückt.

Nicu schweigt kurz, als ob er auf eine Antwort warten würde.

Ich sage weiterhin nichts.

Nicu spricht schnell weiter und seine Arme drehen sich in der Luft wie die Segel einer Windmühle. »Es ist so gut wie sicher!«

Sicher, denke ich und mein Mund fühlt sich bitter an. Mein Magen verkrampft sich. Sicher ist nur der Tod. Und der kostet eine Menge. Der Pope in meinem Dorf will für alles immer mehr Geld. Bei sechs Kleinkindern und so vielen Taufen kommt was zusammen. Sicher ist auch, dass meine Frau wieder schwanger ist. Wäre ich nur nicht im April nach Hause gefahren ... Aber nun ist es so und irgendwie muss ich zu Geld kommen. Wenn die Pläne von Nicu nur nicht jedes Mal schlecht enden würden. Allerdings sind wir bisher noch nie erwischt worden. Verdächtigt werden wir natürlich die ganze Zeit, wegen unserer Nationalität und unserem Aussehen, aber nachweisen konnte man uns bisher nichts.

»Es ist wirklich so sicher wie der Tod«, sagt Nicu nochmals.

Und ich öffne endlich zaghaft den Mund, um etwas zu erwidern: »Das hast du auch gesagt, als wir uns in Grünwald als Enkel ausgegeben haben. Und was war?«

»Ja jaja. Ist vielleicht nicht ganz wie erwartet gelaufen«, gibt Nicu zu.

»Und der Hund, der MICH dann gebissen hat, war auch nicht wie erwartet«, ergänze ich traurig.

»Ja, aber es hätte funktionieren können, es war doch kein schlechter Plan«, sagt Nicu mit freudigem Gesichtsausdruck, vermutlich in Erinnerung daran, dass die Bulldogge es nicht auf ihn abgesehen hatte.

»Und als wir dann im Bahnhofsviertel Stoff verkaufen sollten ...« Ich lasse den Satz unvollendet.

»Ja, du hast recht.«

Wer hätte gedacht, dass das Viertel fest in den Händen anderer liegt, die hier seit Jahren eine treue Stammkundschaft für ihre stimmungsverändernden Mittel aufgebaut haben. Nun, bei diesem Mal kassierten wir beide jeweils eine Tracht Prügel, die ich nie vergessen werde. Ich wie immer ein wenig mehr. Ich bin nämlich größer. Dem kurzen Nicu mit seinen kleinen schwarzen Knopfaugen traut fast niemand etwas Böses zu. Sogar die Schläger verteilten die Prügel so, dass Nicu nur halb so viele abbekam wie ich. Ich bin mittlerweile auch dicker als je zuvor. Mich kann man als Boxsack verwenden.

Nicu runzelt die Stirn und schnauft. »Wenn du eine bessere Idee hast, dann lass mich daran teilhaben.«

Und genau da liegt das Problem. Natürlich habe ich keine bessere Idee und bin genauso verzweifelt, wenn nicht sogar mehr als er.

»Gut«, sage ich schließlich, »dann lass uns das versuchen.«

Was haben wir zu verlieren, denke ich. Vielleicht landen wir sogar im Knast hier in Deutschland. Was ich darüber gehört habe, lässt mich glauben, dass das fast besser ist als frei, aber ohne Geld in das ärmliche Dorf in Rumänien zurückzukehren. Ruhe hätte ich dann auch. Zumindest für eine Weile.

10. Dezember

Das Mädchen ist sehr klein und zierlich. Es sollte nicht schwierig sein, sie zu tragen, wenn es sein müsste. Ich will gar nicht daran denken. Anders als ihr Bruder, der auch klein ist, aber rund wie ein Ball mit Beinchen. Ich folge ihnen seit einer Woche wie ein Schatten und ich habe diese Kinder fast ins Herz geschlossen. Wenn Nicu das wüsste, würde er mich umbringen. Oder mich wieder verprügeln.

Es hat ein wenig geschneit gestern Nacht und es ist bitterkalt. Zum Glück kommt der Bus schnell und er ist nicht zu voll. Ich setze mich zwei Reihen hinter die Kinder. So kann ich gut hören, was sie miteinander reden. Ich verstehe Deutsch mittlerweile, wenn ich das auch niemanden erzählt habe. Das traut mir eh niemand zu und es ist auch egal.

Das Mädchen liest viel. Alle anderen schauen im Bus auf ihre Smartphones, nur sie nicht. Sie hat die Nase meist in ihrem Buch. Und sie spricht sehr viel und laut. Der Junge, ihr Bruder, spricht wenig. Er scheint immer lange nachzudenken, bevor er etwas sagt, und meistens hat das Mädchen bereits wieder etwas mitzuteilen, bevor er dazu kommt, den Mund aufzumachen.

Ihre Mutter ist selten zu Hause. Sie scheint von früh bis spät in der Arbeit zu sein. Manchmal auch nachts oder am Wochenende. Manchmal aber sehe ich sie mit den Kindern zusammen und sie sprechen miteinander eine Sprache, die ich nie gehört habe. Sie kommen aus Afrika. Ich habe irgendwann gelernt: Dort leben sehr viele Menschen, die sehr viele Sprachen sprechen.

Ich habe früher auch gerne gelesen und ich wäre auch gerne länger zur Schule gegangen, wenn man mich gelassen hätte. Aber man kann sich das Leben nicht aussuchen, zumindest nicht, wenn man arm und als Roma geboren wurde. Ich hoffe, meine Kinder werden es besser haben, aber wirklich glaube ich das nicht. Diese zwei scheinen es besser zu haben. Sie sprechen die Sprache des Landes, in dem sie leben, gehen zur Schule und haben Freunde. Manchmal muss ich an die Mutter denken. Allein mit den Kindern und mit so viel Arbeit ist das Leben wirklich nicht leicht. Meine Frau hat es bestimmt noch schwerer, wenn sie sich auch niemals beschwert hat. Natürlich ist es unsere Lebensaufgabe, unsere Kinder für das Leben vorzubereiten. Ich denke, dass diese Mutter einen guten Job macht.

Wenn ich daran denke, was ich hier mache, wird meine Stimmung so grau wie das Wetter draußen.

Wir steigen aus dem Bus und heute wartet die Mutter auf ihre Kinder.

»Mama!« Die Kleine freut sich sichtlich und, wie gewohnt, laut. »Frau Martha hat angerufen, sie möchte mit uns am Wochenende auf den Weihnachtsmarkt. Dürfen wir hin? Bitte, bitte, bitte!«

Der Junge schweigt, aber hüpft wie ein runder, übergroßer Ball.

»Also ich weiß nicht recht«, sagt die Mutter. »Was ist mit den Hausaufgaben? Und denkt daran, dass ihr am Sonntag in die Kirche müsst. Und ob ihr bis dahin brav gewesen seid, kann ich jetzt noch nicht beurteilen«, antwortet sie ein wenig streng.

»Bitte Mama!«, sagt der kleine Junge.

»Also gut«, sagt sie. »Wenn ihr mich diese Woche nicht ärgert, nicht miteinander streitet und alle eure Aufgaben erledigt, dann dürft ihr gerne hin.«

»Danke Mama! Danke, danke, danke!«, springt die Kleine ihrer Mutter an den Hals.

Der Junge hüpft noch höher.

Die Mutter sieht ihn streng an. »Aber nicht mehr als eine Bratwurst, Patrick!«

Der Junge blickt auf, schaut seine Mutter mit großen runden Augen an: »Nein, Mama. Ich mag doch noch die Mandeln und Zuckerwatte...«

Die Mutter lächelt sichtlich gequält.

Mehr höre ich nicht, sie verschwinden durch die Tür des Plattenbaus in München Ramersdorf. Mehr brauche ich auch nicht zu hören.

14. Dezember

Martha Voss lebt in einer herrschaftlichen Villa mit drei Etagen am Starnberger See zusammen mit einem hässlichen Mops und zwei Katzen. Sie ist groß, schlank und hält sich immer sehr gerade, als ob sie einen Stock verschluckt hätte. Sie hat silberne Haare mit einer braunen Strähne in der Mitte und bekommt niemals Besuch.

Ich schaue gerne in den Müll anderer Leute. Jede Mülltonne erzählt eine Geschichte.

Hier ist alles so ordentlich, links Papier, dann andere Müllsorten ... Im Papiermüll habe ich einen Brief aus einem fernen Land entdeckt. Ungeöffnet. Im Haus gibt es auch keine Fotos von Menschen, zumindest habe ich keine gesehen, als ich mich vorgestern dort umgeschaut habe. Und ich habe mich gut umgeschaut. Habe den Safe hinter einem Bild in Wohnzimmer schnell gefunden. Leider keinen Hinweis auf dem Zugangscode.

Die Mutter der Kinder putzt regelmäßig einmal in der Woche in dieser Villa. Manchmal nimmt sie ihre Kinder mit.

Die alte Frau unternimmt viel mit dem Mädchen, die Kleine scheint ihr ans Herz gewachsen zu sein.

Die Luft über dem Starnberger See ist voll Schneeflocken. Sie glänzen im Licht der Straßenlaterne wie kleine Sterne. Ich tänzle von einem Bein aufs andere. Dass es so kalt werden kann in diesem Land, wer hätte so etwas gedacht? Kälte und Schnee ist hier seltener als in unserem rumänischen Dorf, wo Schneemassen schon Ende November liegen und dann bis Mitte März. Wo es manchmal so kalt ist, dass das Wasser im Brunnen gefriert. Ich zünde mir eine neue Zigarette an und versuche, mindestens eine Hand an der Flamme zu erwärmen. Ich fluche leise, als ich mir stattdessen die Finger verbrenne. Es schneit weiter.

In der Villa brennt Licht, aber die Frau ist immer noch nicht zurück. Ich schaue auf die andere Seite, wo Nicu vor der stillen und dunklen Nachbarvilla steht. Vermutlich sieht sich er in seiner Fantasie an Heiligabend zu Hause am reich gedeckten Tisch sitzen, seine Familie um sich, alle voll Respekt und Ehrfurcht.

Und ich stelle mit ebenfalls vor, zurück in meinem Dorf zu sein, es ist warm und ... vor der Villa hält ein Taxi und reißt mich abrupt aus meinen Gedanken. Eine große, schlanke Frau steigt aus.

Nicu nähert sich und holt das Fernglas aus der Tasche. Er hat es vorgestern im Kaufhof am Marienplatz mitgehen lassen, für alle Fälle. Aber auch ohne Fernglas sehe ich durchs Fenster, wie die Frau im Haus ihren Mantel auszieht, den sie über dem grünen langen Kleid trägt, und dann eine dicke Goldkette mit einem großen grünen Stein abnimmt. »Die muss ein Vermögen wert sein«, flüstert mir Nicu ins Ohr und grinst breit.

Sein Atem riecht nach verfaulten Zähnen und billigem Schnaps.

Auch durch das Fernglas sehen wir den Zugangscode für den Safe nicht, in dem die Frau ihre Halskette einschließt. Das brauchen wir aber auch nicht. Wir haben bereits den letzten Puzzlestein für Nicus todsicheren Plan, der so gut wie fertig ist. Ich spüre auf einmal die Kälte nicht mehr, mir ist heiß und ich wäre sehr froh, wenn sich die Erde öffnen und mich verschlingen würde.

16. Dezember

Auf dem Weihnachtsmarkt in Haidhausen riecht es nach Zimt und Wurst. Der Junge steht mit offenem Mund und starrt nach oben. Er vergisst für einen Moment sogar, in die Bratwurst zu beißen.

»Frau Martha! Frau Martha!« ruft das Mädchen und zeigt mit dem Finger nach oben. »Der Weihnachtsmann fährt Fahrrad!«

Die Frau lächelt und nimmt sie an die Hand. »Mei, hast du lange Finger«, sagt sie.

Der Junge hat die Bratwurst aufgegessen und zeigt nun auf die Zuckerwatte.

Mein Nikolauskostüm spannt über dem Bauch.

Zwei Buden weiter kaut Nicu an einer gebrannten Mandel, die er auf dem Boden gefunden hat. Er spuckt sie aus und grinst. Er sieht wie Knecht Ruprecht höchstpersönlich aus.

Wie gerne würde ich ihm einen Tritt in die Fresse verpassen.

Ein Kinderchor singt sehr schön, wie Englein sehen sie aus.

Ich denke an meine Kinder, die zerlumpt und viel zu oft hungrig sind. In unserem Land gibt es mittlerweile viele Möglichkeiten, aber nur sehr wenige für unsereiner. Zur Schule gehen ist schwierig, wenn man nicht den Bus in die Stadt bezahlen kann, keine sauberen Kleider hat und zu acht in einem Haus mit einem Raum lebt. Nicu will auch nur seine Familie durchbringen, denke ich und auf einmal bin ich nicht mehr so wütend, sondern nur noch unendlich traurig. Und ich weiß, dass ich das machen muss, was er sich ausgedacht hat.

18. Dezember - 7:30 Uhr – München-Ramersdorf
Ich stehe vor dem Haus und kaue an meinen Fingernägeln. Ich war lange nicht mehr so nervös. Wenn ich Geld für Zigaretten hätte, würde ich eine nach der anderen rauchen. Ich habe aber kein Geld und kaue daher an mei-

ner Oberlippe, nachdem ich mit den Fingernägeln fertig bin. Ich drehe mich oft um, aber es ist niemand da. Was würde ich dafür geben, anderswo zu sein. Ich würde mich zur Not nochmals von dem Hund beißen lassen oder sogar von den Albanern verprügeln. Aber es hilft nichts, ich muss da durch.

Das Mädchen kommt aus dem Haus. Sie trägt eine hellblaue Mütze und beißt in einen Apfel. Der Bommel hängt nur noch an einem Faden. Sie zieht ihren Bruder an der Hand: »Deinetwegen sind wir zu spät«, schimpft sie mit ihm.

Der Junge zuckt unschuldig mit den Schultern. »Was kann ich dafür, dass du verschlafen hast und es dann so spät wurde? Zum Glück bin ich schon lange wach und habe sogar gefrühstückt.«

»Ja, Kekse!«, zischt das Mädchen. »Wenn Mama das erfährt, da erlebst du was!«

Die Mutter war die ganze Nacht nicht zu Hause gewesen, sie hatte wieder Nachtschicht. Da haben die beiden vor dem Einschlafen vermutlich noch lange gequasselt und sind deshalb nicht ausgeschlafen. So kenne ich es jedenfalls von meinen Kindern.

Ich stelle mich ihnen in den Weg und raune: »Mama hat Unfall gehabt. Will euch sehen.«

Insgeheim hoffe ich, die Mutter hat ihnen beigebracht, nicht mit fremden Menschen mitzugehen.

Das Mädchen schaut mich entsetzt an und fragt: »Wo ist sie?«

Sie glaubt mir tatsächlich und ich könnte mich fast selbst ohrfeigen. Ich spüre Kälte in der Brust, als ob eine eisige Hand auf mein Herz drücken würde.

Der Junge greift ihre Hand und trippelt mit großen, weit aufgerissenen Augen neben ihr.

Das Mädchen schweigt.

18 Dezember - 9:30 Uhr – in der Nähe von Ostbahnhof München

Das Wohnheim ist fast verlassen und niemand hört, als die Kleine laut schreit: »Wo ist meine Mutter?«

Ich schweige.

Das Mädchen wird noch lauter. »Ist meine Mutter hier?«

Ich schaue sie mit schuldbewusster Miene an. »Nein. Es tut mir leid. Sie nicht hier. Sie gesund.«

Ich kann in ihren Augen sehen, wie sich die Angst in Freude und dann in Wut verwandelt. Sie ist vermutlich vor allem auf sich selbst wütend. Ihre Mutter hat ihr bestimmt so oft gesagt, dass sie nicht mit Fremden sprechen soll. Und nie mit einem Fremdem irgendwohin gehen.

Sie fängt an, laut zu schluchzen.

Ich hole aus der Jackentasche einen großen Weihnachtsmann mit grüner Mütze und Sonnenbrille. Er ist aus Schokolade. Der Junge greift schon zu, aber das Mädchen schreit mich wütend an: »Wagen Sie es ja nicht!«

Der Junge zieht seine ausgestreckte Hand wieder zurück.

»Nicht weinen«, flüstere ich. »Ihr bald wieder zu Hause.«

»Was wollen Sie von uns?«, wimmert das Mädchen. Sie ist ein wenig ruhiger geworden.

»Ich habe Kinder. Kinder müssen essen«, sage ich. Vermutlich versteht sie immer noch nicht, was das mit ihnen zu tun hat, aber auf einmal scheint mir, dass sie keine Angst mehr hat. Und wütend scheint sie auch nicht mehr zu sein. Sie zeigt mit dem Finger auf den Weihnachtsmann aus Schokolade und schaut ihren Bruder dabei an.

Der Junge streckt die Hand aus und wenig später teilen sie sich ihn sich auf: den Kopf bekommt das Mädchen, den Rest der Junge.

18. Dezember, 11.00 Uhr

Nicu macht die Türe laut hinter sich zu und stolziert in das kleine, schmutzige Zimmer.

»Kinder, nun rufen wir Frau Martha an«, sagt er mit einem breiten Lächeln, das seine gelben Zähne entblößt. Er holt ein Telefon aus der Tasche und sieht wie ein böser Zwerg aus.

»Wähle die Nummer!«, befiehlt er.

»Nein!«, wimmert sie.

Nicu wird böse. Er greift nach dem Jungen: »Ich drehe ihm schön den Hals um ...«

Das Mädchen fängt an zu heulen. Sie wählt die Nummer von Martha Voss. Sie kennt offenbar alle wichtigen Nummern auswendig.

Kurze Zeit später verschwindet Nicu durch die Tür Richtung S-Bahnhof.

18. Dezember, 15:00 Uhr

Als Nicu wieder hereinkommt, bleibt er mit offenem Mund stehen: »Wo sind sie?«, brüllt er nach einigen Sekunden.

Ich schweige.

»Sag mal, hörst du mich?«, brüllt er noch lauter.

Ich sitze gebückt auf einem Stuhl und schweige weiter. Das kann ich gut.

Dann sage ich leise: »Zu Hause vermutlich«.

Nicus Kopf wird rot wie eine Tomate. »Wie das? Habe ich dir nicht gesagt, dass du auf sie aufpassen sollst? Hast du sie etwa gehen lassen?«

Ich stehe auf und stelle überrascht fest, dass ich keine Angst mehr von Nicu habe. Und die Stimme kann ich auch heben, sehr laut sogar. Auch wenn ich das bisher noch nie gemacht habe.

»ICH HABE ES SATT! Deine Pläne werden uns mindestens ins Gefängnis bringen, wenn nicht noch schlimmer. Ich habe alles mitgemacht, aber Kinder entführen? Weiß du, was ich machen würde, wenn jemand meinen Kindern etwas antäte? Und dass deine Pläne nie funktionieren, ist dabei nur Nebensache!«

»ACH, SO IST DAS!«, brüllt Nicu zurück. »Dann sei es dir gesagt, dass es diesmal funktioniert hat! Ich habe das, was ich wollte!«

»Ist mir sowas von SCHEISSEGAL! Schere dich einfach zum Teufel. Ich werde bei meiner Familie bleiben und es mal zur Abwechslung mit EHRLICHER Arbeit versuchen!«, schreie ich.

Nicu bleibt wie angewurzelt stehen. Dann holt er aus der Tasche eine Papiertüte und daraus eine Halskette mit einem großen grünen Stein. Er grinst breit.

Ich muss genauer hinschauen, aber dann erkenne ich: der Stein ist nicht echt, wenn auch eine sehr gute Fälschung. Mein Großvater war früher Goldschmied und wir Kinder oft in seiner Werkstatt.

Ich sage nichts, aber ich grinse auch, wenn auch nur in Gedanken.

19. Dezember, 18:30 Uhr – Busbahnhof München
Der Flixbus nach Bukarest steht schon bereit. Nicu sitzt in der hinteren Reihe. Ich tue so, als ob ich ihn nicht kenne. Es ist auch besser, nicht zu zweit zu sein, aber Angst habe ich nicht. Ich habe gesehen, dass heute etwas über uns in der Zeitung steht. Ich kann zwar nicht gut lesen, nur den Titel habe ich verstanden: »Nikolaus und Knecht Ruprecht lassen nach wenigen Stunden die entführten Kinder frei«.

Trotz allem war diese Verkleidung in Nikolaus und Knecht Ruprecht eine gute Idee von Nicu.

Heiligabend - im Süden Rumäniens
Zunächst weinte meine Frau vor Freude, als ich gesund und munter zu ihr heimgekehrt war. Doch dann wurde

sie zornig, als ich ihr von meinem Entschluss erzählte. Wie sollten wir überleben, wenn ich kein Geld mehr aus dem Ausland mitbrächte? Aber dann ist doch ein Wunder passiert: Der Schwager hat vorgestern erzählt, dass in seiner Firma eine Stelle als LKW-Fahrer frei wäre. So Gott will, bin ich nach den Feiertagen fest angestellt, wieder unterwegs und die Familie kann mit dem Geld gut überleben. Gerade brauchen wir das mehr denn je, nachdem unser siebtes Kind vor wenigen Stunden an Jesu Geburtstag das Licht der Welt erblickt hat. Ich umarme sie fest.

»Frohe Weihnachten!«

»Frohe Weihnachten.«

Ich sitze noch mit den Schwiegereltern am Tisch, als es draußen laut klopft.

Es ist Nicu, barfuß, ohne Mantel, stark schwitzend. Er scheint gerannt zu sein. »Hilf mir, Kumpel! Sie sind hinter mir her!«, wimmert er.

Er erzählt mit zittriger Stimme. Einige Stunden zuvor saß er am Tisch und fühlte sich wie ein König. Er hatte jedem Familienmitglied ein Mobiltelefon gekauft von dem Geld, das er für die Halskette mit dem grünen Stein bekommen hatte. Als er sich einen weiteren Schnaps genehmigen wollte – schließlich war ja Weihnachten –, klopfte es an die Türe. In dem hellen Mondschein waren die zwei großen Männer mit zwei großen Stöcken sehr gut zu sehen; daneben ein großer, sehr böser, rumänischer Hund. Nicu rannte ins Bad und kletterte aus dem Fenster.

Ich sage ihm, dass ich nur einen Raum für meine ganze Familie habe und ich ihm nicht helfen kann. Draußen nähert sich das Bellen des Hundes.

»Andererseits ...«, fange ich an.

Nicus Augen weiten sich, als ich ihm erkläre, wo er sich verstecken könnte.

»Wo ist der Betrüger?«, hören wir eine tiefe Stimme draußen an der Tür.

Eine weitere Stimme sagt: »Ach ja und weil wir seinetwegen an Weihnachten arbeiten müssen, gibt es das Doppelte ... inklusive Zinsen!«.

Ich öffne die Tür.

»Was wollt ihr hier?«, frage ich, obwohl ich die Antwort kenne. Ihr Chef hat auch endlich begriffen, dass die Kette, die Nicu ihm vertickt hatte, eine Fälschung ist.

Ich verkneife mir ein Lächeln, während ich an das kleine Mädchen denke und wünsche ihr in Gedanken Frohe Weihnachten.

Ich höre den Männern aufmerksam zu, um den Gedanken von Nicu in seinem Versteck zu verdrängen. Zum Glück für ihn ist es kalt draußen und unser Plumpsklo ist halb eingefroren, so dass er nur bis zur Hüfte darin stecken sollte.

Das Mondlicht lässt den weißen, tiefen Schnee schimmern.

Tödlicher Weihnachtsfrieden

Christine Neumeyer

Zu beiden Seiten liegen die Soldaten in den Schützengräben der Westfront. Scharfe Winde zerren an den Krägen der Mäntel, die Sohlen der Stiefel kämpfen gegen eine immerwährende Feuchtigkeit. Es riecht nach Moder und Tod, nach Hunger und Kälte.

Am nachtschwarzen Himmel explodieren Raketenfeuer. Der junge Engländer Freddy duckt sich hustend in den Graben. Es ist Weihnachten im Jahr 1914. Er denkt an Zuhause. An die stille Zeit der langen Winternächte. An Mutter und Vater. An den Duft von Zucker und Mandeln im heißen Christmas Pudding.

Dumpf knallt es über die Hügel. Freddy zuckt zusammen. Der Krieg ist ein Alptraum. Warum hat er sich darauf eingelassen? Als im August die Deutschen in das neutrale Belgien eingefallen waren, machte England mobil und suchte nach Freiwilligen, um an der Westfront der britischen Armee und den belgischen Freunden beizustehen. Ohne viel nachzudenken, hat er sich sofort gemeldet. Freunden musste man helfen. Zugegeben, als der Kriegsminister von einem langen Krieg gesprochen hatte, war er nahe daran umzukehren und andere für die gute Sache kämpfen zu lassen. Allein die Ehre hatte es verhindert. Oder war es eher sein Stolz gewesen?

Wieder knallt ein Schuss. Freddy schluckt und beißt die Zahnreihen fest aufeinander. Die Kameraden haben sich vor etwa zwei Stunden von ihm entfernt und sind ein Stück in Richtung Osten weitergerückt. Von dort glauben sie besser auf den deutschen Feind zielen zu können. Unbemerkt ist er als Einziger zurückgeblieben. In den langen harten Wochen an der Front hat er Kraft und Mut verloren. Die Ehre ist ihm nicht mehr so wichtig. Vordergründig denkt er ans Überleben. Von seinem Platz aus kann er sie sehen. Einem von ihnen hat es vor etwa zwanzig Minuten die Schulter zerfetzt. Winselnd liegt der Kamerad am Boden. Freddy hört ihn brüllen. Er erträgt die Schreie und den eisernen Geruch nach Blut nicht mehr. Fest drückt er die Hände auf die Ohren, die Nase in den Ärmelstoff der Uniform. Zitternd lauscht er seinem eigenen Atem. Er will, dass es aufhört. Endlich wieder Ruhe und Frieden. Erst als die Haut an den klammen Fingern zu kribbeln beginnt, lässt er seine Ohren los. Freddy hört keine Schreie mehr. Der Kamerad mit der Schussverletzung ist vermutlich tot. Rund um ihn ist es vollkommen still geworden. Verdächtig still.

Im Erdwall hockend kann er nichts erkennen. Er reckt den Hals und blinzelt über den Damm zum deutschen Lager hinüber. Es sind kaum hundert Meter. Da sieht er Lichter. Aber es ist nicht das Zucken des seit Wochen andauernden Beschusses. Diese Lichter im deutschen

Graben sind statisch. Sie sehen aus wie Lampen, die man in kalten Winternächten in die Fenster stellt. Friedenslichter. Träumt er mit offenen Augen? Freddy späht ostwärts zu den Kameraden. Es ist dunkel. Er kann nichts sehen. Einsamkeit schnürt an seiner Kehle. Eine Beklemmung kriecht seinen Rücken hoch. Trotz der Kälte wird ihm heiß. Er legt das Gewehr an die Schulter und den Finger an den Abzug, wagt kaum zu atmen, lauscht in die Stille, sieht einen Schatten, hört ein Knistern, ein Knacksen. Ein Gewehrlauf hier, das Blitzen von Metall auf einem Helm dort.

»Verdammt, was geht hier vor? Wo seid ihr?«, flüstert er.

Da hallt aus der Ferne die Stimme des englischen Offiziers durch den Wind: »Die Deutschen wollen einen Weihnachtsfrieden. Nicht schießen! Nicht schießen!«

Den Deutschen, denkt er, kann man nicht trauen. Achtung Falle!

Die Stimme des Offiziers ist verstummt. Vielleicht war sie nur Einbildung. Ein Fiebertraum. Es ist wieder dunkel. Da glaubt Freddy bei seinen Leuten im Graben weiter ostwärts eine Bewegung wahrzunehmen. Angestrengt verengt er die Augen zu Schlitzen. Wenn die Sicht bloß besser wäre! Schemenhaft sieht er, wie sich Körper aus den Gräben erheben, aus den Löchern steigen und geduckt, die Gewehre an den Schultern, über die Hügel auf die deutsche Front zugehen.

In die Stille lauschend wartet er auf einen Angriff, einen Schuss des Feindes, auf den vertrauten Geruch des Todes. Doch es bleibt friedlich.

Die Schatten lösen sich im Dunkel der Nacht auf. Feuchtkalte Einsamkeit hüllt ihn ein. Die Kameraden sind übergelaufen, denkt er und kann es nicht begreifen. Freddy nimmt all seinen verbliebenen Mut zusammen, stellt die kalten Füße nebeneinander, drückt sein Gesäß hoch, steht mit steifem Kreuz und späht nach den seltsamen Lichtern auf der anderen Seite. Noch immer fallen keine Schüsse. Ist es möglich? Frieden? Zu Weihnachten? Er atmet tief durch und wagt sich in Richtung Osten, dort wo seine Kameraden sein sollten und der Offizier. Ein Soldat braucht Befehle. Die Gefahr einer unbekannten Bedrohung sitzt ihm fest im Nacken. Er traut den Deutschen nicht. Schritt für Schritt wagt er sich vorwärts. Freddy bleibt aufmerksam. Wenn es keine Befehle gibt, muss er auf seinen Verstand hören. Da glaubt er wieder etwas zu sehen. Die Umrisse einer schmalen Gestalt. Sie kommt direkt auf ihn zu. Zu spät für eine Flucht. Ist es Feind? Ist es Freund? Sein Puls schlägt gegen den Hals.

»Hallo? Hallo? Is anybody there?«

Angespannt lauscht Freddy dem Quietschen feuchter Stiefelsohlen.

»Weihnachtsfrieden«, hört er und wieder: »Weihnachtsfrieden.«

«Oh, my God! A German!« Freddy erstarrt. Nichts wie weg, denkt er und ... bleibt stehen. Ein dunkler Armeemantel, ein aufgestellter Kragen, ein schmales Gesicht.

Der Fremde wartet, zögert, Sekunden vergehen, dann streckt er Freddy seinen Arm entgegen. »Frohe Weihnachten.«

»Merry Christmas«, murmelt Freddy und reicht dem Deutschen die Hand.

»Hans aus Köln.«

Die Haut des Fremden fühlt sich kalt an. »Freddy from Froxfield, South England.«

»Froxfield mit dem schönen Fluss?«

»You know my hometown?« Eine schwere Last fällt von Freddies Schultern.

»Oh yes«, sagt Hans, »ich habe dort ein paar Jahre auf einer Baustelle gearbeitet. Ein reizendes Dorf und freundliche Leute. Ich mag Südengland.«

»In Köln war ich noch nie.«

»Du sprichst aber gut Deutsch.«

»Well. Meine Großmutter war Deutsche. Meine Freundin Evi lebt in München. Dort war ich einige Jahre in the Service of a pub, äh … einem Gasthaus, neben meiner Ausbildung, bis der Krieg kam. Ist noch nicht lange her.«

»Welche Ausbildung hast du?«

»Agrarwissenschaften. Meine Eltern haben eine Landwirtschaft in Froxfield. Die möchte ich eines Tages übernehmen und modernisieren.«

»Du hast an der Münchner Hochschule des Monarchen Ludwig studiert?«

Freddy nickt und löst den Händedruck.

Da tritt Hans nah an ihn heran.

Freddy kann seinen Körper riechen und starrt auf den Mund des großgewachsenen Deutschen. Die Lippen schimmern im fahlen Mondlicht blau und sind aufgesprungen von der Kälte. Er hat noch nie ein Soldatengesicht mit so vielen Falten gesehen. Der warme und nach Speichel riechende Atem seines Gegenübers streicht über Wange und Nase.

»Wo sind deine Kameraden?«, fragt Hans. »Warum bist du allein?«

»I could no longer hear the cries of pain. Die Schreie sind das Schlimmste.« Lauter fügt Freddy hinzu. »Du bist sehr mutig, dass du auf unsere Seite gekommen bist.«

»Ja«, sagt der Deutsche und blickt zu Boden. »Weiß der Teufel, was uns geritten hat. Plötzlich wollte einer von uns den Krieg nicht mehr. Nicht zu Weihnachten, hat er gebrüllt. Dann hat noch einer gerufen: ,Lasst die Waffen schweigen am Heiligen Abend!‘, und noch einer: ,Ich will nicht töten am Tag des Herrn‘. Es war wie eine Welle. Wahnsinn, oder?«

»Komm, setzen wir uns«, sagt Freddy. »Da unten ist der Wind ... less strong.«

»Keiner weiß, wie lange der Weihnachtsfrieden hält.« Der Deutsche seufzt und beugt seine Knie. »Ohne Vorwarnung sind meine Kumpane rüber gelaufen. Ich war feige, habe mich erst aufs Feld gewagt, als keine Schüsse mehr gefallen sind. Und dann habe ich meine Männer aus den Augen verloren. Ist das nicht eine unglaubliche Geschichte? Mitten im Krieg? Wir zwei hier zusammen? Ein Deutscher und ein Engländer?« Hans lacht.

Die beiden Soldaten setzen sich dicht nebeneinander in den Graben und ziehen die Schultern hoch. Der Wind säuselt über ihre Köpfe. Aus der Ferne hören sie freundliche Stimmen in englischer und deutscher Sprache, gar ein Lachen ist zu vernehmen.

Freddy steigen Tränen in die Augen. »Wie viele Engländer hast du getötet, Hans?«

»Ich ... ich weiß es nicht. Ehrlich, ich weiß es nicht.«

»Ich schon«, erwidert Freddy kühn. »Einem habe ich in die Stirn geschossen, dem anderen in die Brust.«

»Sie haben uns zu Mördern gemacht«, sagt Hans leise. »Ich hasse den Krieg.«

»I hate the war too.« Freddy zieht eine Packung Zigaretten aus der Innentasche seines Mantels. »Ich verstehe es nicht, töten ist zu einer Pflicht geworden. Als wäre es normal.«

Hans nimmt die Zigarette, die ihm der Engländer anbietet. »Ist es wirklich unsere Pflicht? Ich begreife es auch nicht. Nicht an einem Tag wie heute. Es ist Weihnachten.«

Freddy fischt ein Feuerzeug aus der Manteltasche. Die Flamme erhellt ihre Gesichter. »Wie alt bist du, Hans?«

Der Deutsche zieht an der Zigarette. »Fünfzig. Ich weiß, ich sehe älter aus.«

»I am sorry. Das Leben macht uns nicht jünger.«

»Es ist keine leichte Arbeit am Bau.« Hans hustet und spuckt aus. »Im Sommer brennt dir die Sonne die Haut weg, im Winter friert dir das Gesicht ein. Harter Job.«

Freddy bläst den Rauch in Kringeln hoch. »Verdammt, was macht dieser Krieg mit uns? I mean, wer hat etwas davon? Es ist alles kaputt, wenn es vorbei ist. Auf allen Seiten.«

Hans zuckt mit den Schultern. »Denken ist nicht erwünscht im Krieg. Die Gebäude werden wiederaufgebaut, die Toten werden betrauert. So ist das eben.«

»Ihr hättet Belgiens Neutralität nicht verletzen dürfen.« Freddy spricht mit rauer Stimme. »Dann hätten wir euch nicht den Krieg erklärt und ich müsste nicht zu Weihnachten in einem fremden Schützengraben sitzen und mir meinen englischen Arsch abfrieren. All the shit wäre uns erspart geblieben.«

»Vieles hätte nicht geschehen dürfen.« Hans spricht leise. »Der Kaiser hat uns einen schnellen Sieg versprochen. Wir haben es geglaubt.«

»Your emperor's a liar.«

»Nachher ist man immer klüger.« Hans nimmt einen tiefen Zug von der Zigarette. Die Spitze glüht in der Dunkelheit. »Wenn du in Kriegszeiten behauptest, der Kaiser ist ein Lügner, bist du in fünf Sekunden geknebelt und eine Stunde später tot. Wir hätten es früher wissen müssen.«

»Er ist ein Lügner.« Freddy zählt laut. »Einundzwanzig, zweiundzwanzig, dreiundzwanzig, vierundzwanzig, fünfundzwanzig.« Er grinst. »Sieh her, ich bin nicht tot.«

»Ja, in diesem Moment sind wir beide frei, können unsere Gedanken ungestraft aussprechen. Aber warte, bis wir wieder aufeinander schießen. Warte nur.« Er stupst sanft gegen die Schulter des englischen Soldaten.

Das dunkle Lachen der Männer hallt von den Wänden der Gräben wider.

Freddy drückt den Zigarettenstummel in den feuchten Boden und kramt in der Innentasche seines Mantels nach dem Foto, das er seit Beginn des Kampfes bei sich trägt. Ganz nah an seinem Herzen. Er klickt das Feuerzeug an und hält das Bild einer blonden Frau hoch: »Schau, das ist Evi aus München. I love her more than anything.«

»Eine schöne Frau, deine Evi.« Hans greift ebenso in seinen Mantel. »Das ist meine Familie. Erna und die Zwillinge Hans und Peter. Ich hatte mir gewünscht, zu Weihnachten bei ihnen zu sein. Erna brät die beste Weihnachtsgans aller Zeiten.«

»Und meine Evi backt die besten Lebkuchen der Welt.« Freddy lacht.

Die Soldaten stecken die Fotos zurück in ihre schweren Mäntel. Leise rieselt der Regen über die Erde.

»Ich bin zum Mörder geworden«, sagt Hans nach einer Weile. Von seinem Helm lösen sich Tropfen.

»Nein, bist du nicht«, erwidert Freddy. »Es ist Krieg. Das Töten ist uns befohlen. We have no choice.«

»Ja, du hast recht. Wir haben keine Wahl. Nicht im Krieg.«

Die Soldaten reden und rauchen eine Zigarette nach der anderen, bis das letzte Licht hinter den Gräben erlischt. Der Regen hat aufgehört. Erst da fällt ihnen die Veränderung auf. Aus der Ferne knallt es wieder und Schreie fegen über das zerstörte Land.

»Ich fürchte, mit dem Weihnachtsfrieden ist es vorbei«, sagt Hans. »Ich muss zurück zu meinen Kameraden.«

Wie auf Kommando fahren beide Männer hoch und stehen sich gegenüber. Stramm. Ferse an Ferse, Brust an Brust, die Gewehre an die Hüften gedrückt.

»Muss ich jetzt wieder auf deine Leute schießen, Hans?«

»Vermutlich, Freddy.«

»Ich möchte nicht auf deine Freunde schießen.«

»Wenn wir es nicht tun, kommen wir vors Kriegsgericht.«

»Wir könnten uns davonschleichen.«

»Keine gute Idee. Deserteure werden nach kurzem Prozess am nächstbesten Baum aufgeknüpft. Bei uns wie bei euch.«

Sie blicken über den Graben und beobachten das immer stärker werdende Schützenfeuer.

Einige Minuten verstreichen. Der Wind pfeift. Von beiden Seiten hagelt es Kugeln und Granaten. Das Geräusch stampfender Stiefel nähert sich und im Osten kriecht das Licht des anbrechenden Christtages über den Horizont.

»Ich muss jetzt wirklich gehen.« Hans schultert das Gewehr. »Weihnachten ist vorbei.«

»Sehen wir uns im Frieden wieder?« Freddy zieht die Mundwinkel hoch. »In Froxfield oder in Köln? For a cup of tea or coffee? Oder ein Bier?«

»So Gott will.« Hans seufzt und steigt über den Erd-wall.

Traurig blickt Freddy hinterher. Der großgewachsene Soldat mit dem schmalen Gesicht eilt mit langen Schritten über das Feld auf sein Lager zu. Wie wenig in den letzten Stunden die Kälte zu spüren war. Eine innere Wärme hat Freddy erfüllt, die sich nun langsam wieder verzieht. Fröstelnd hustet er den Geschmack des Tabaks in den schlammigen Boden. Da knallt von der deutschen Front ein Gewehrschuss über den Hügel.

»Hans! Pass auf!«, brüllt Freddy. »Pass auf, da schießt einer!«

Vermutlich liegt es am feuchten Nebel nach dem Regen, der im Morgengrauen von den Gräben hochsteigt. Die Sicht ist verschleiert.

Der Soldat Hans stirbt in den frühen Stunden des 25. Dezember 1914 durch die Kugel eines deutschen Kameraden.

Nach einer kurzen Aktennotiz werden die Ermittlungen des Reichsmilitärgerichts gegen den Schützen aufgrund der außergewöhnlichen Umstände zum Zeitpunkt der Tat eingestellt. Das Opfer schien zudem den Befehl zum Beenden des Weihnachtsfriedens überhört zu haben.

Es war nichts mehr als ein bedauerlicher tödlicher Irrtum.

Eine Geschichte frei erzählt nach einer wahren Begebenheit.

Plätzchen für den Hundemörder

Rebecca Schneebeli

Marie buk. Backen, das passte irgendwie in die Adventszeit und war in den letzten Wochen zu einem festen Ritual für sie geworden. Jeden Samstagnachmittag buk sie Plätzchen. Vanillekipferl, Lebkuchen und Zimtsterne waren es an den letzten drei Adventswochenenden gewesen. Heute standen Frankfurter Bethmännchen auf dem Plan.

Frankfurter Bethmännchen hatte sie schon immer gemocht. Ihre Oma aus Frankfurt hatte diese der Familie immer zu Weihnachten mitgebracht und die kleine Marie hatte sich dann ganz versunken und mit geschlossen Augen den süßen Mandelgeschmack auf der Zunge zergehen lassen. Es war nur passend, dass es ausgerechnet diese Leckerei war, die sie jetzt für ihre Nachbarn buk. Denn heute war der Vorabend des vierten Advents und zudem ein ganz besonderer Tag.

Das lag nicht daran, dass Advent war, sondern es war heute exakt drei Monate her, dass Merle gestorben war. Diese war Maries Sonnenschein gewesen: Eine Mops-Dame mit glänzend schwarzem Fell und einer weißen

Blesse auf der Stirn. Eigentlich ein ungewöhnliches Aussehen für einen Mops. Eine Blesse auf der Stirn verband man eher mit einem Pferd und so hatte Marie sie immer ihr »kleines Ross« genannt. Doch das war nun vorbei.

Verstohlen wischte sie sich eine Träne aus dem Gesicht, während sie vorsichtig und mit viel Bedacht drei einzelne Mandeln auf jedem Bethmännchen platzierte. Noch schnell mit Eigelb bestreichen und dann ab in den Ofen. Sie stellte sich den Kurzzeitwecker und schrieb auf weihnachtliche Geschenkanhänger die Namen ihrer Nachbarn.

Da war Lisa aus dem dritten Stock, die sich als Studentin nur die kleine Dachgeschosswohnung leisten konnte. Sie war fleißig und hilfsbereit, gleichzeitig ließ sie gern einmal eine Studentenparty steigen. Marie konnte sich nie merken, was Lisa genau studierte. Anfangs hatte sie die junge Frau immer danach gefragt, irgendwann war ihr dies aber zu peinlich gewesen und sie hatte es aufgegeben. Irgendwie hatte sie sowieso den Eindruck, Lisa wisse selbst nicht so genau, was sie gerade studierte. Jedenfalls hatte die junge Frau mindestens einmal das Studienfach gewechselt, wenn nicht sogar mehrfach.

Dann war da noch Familie Schubert. Diese wohnte direkt über Marie und so wusste sie samstags immer genau, wann deren Kinder aufstanden. Denn kurz danach wurde auch sie wach. Merle hatte immer aufgeregt gebellt, wenn das laute Tapsen oder wohl eher Trampeln der Kinderfüße über ihnen erklang. Nun bellte sie nicht mehr und manchmal, wenn Malte und Sophie sehr ruhig spielten, bekam sie gar nicht mehr mit, wenn die »Kinder von oben« – wie sie die beiden heimlich getauft hatte – wach waren.

Neben Familie Schubert wohnten die Mühlenscheidts, ein Paar in Maries Alter, wobei die Dame genaugenommen Riemen-Mühlenscheidt hieß. Denn auf ihren Doppelnamen legte Caroline großen Wert. Vergaß man ihn einmal, musterte sie einen, als habe man ein unverzeihliches Verbrechen begangen. Ebenso wichtig war es, ihren Vornamen englisch auszusprechen. Dabei kam Caroline weder aus England noch hatte sie je dort gelebt. Die Einzigen, die ungestraft die deutsche Form ihres Geburtsnamens verwenden durften, waren ihre Eltern. Das hatte Marie zufällig einmal bemerkt, als diese zu Besuch bei der Tochter gewesen waren.

Mit Caroline war sie abends immer mal auf einen Drink ausgegangen. Aber das war nun auch schon länger her, denn Caroline und ihr Mann waren ein typisches Jetsetter-Pärchen. Heute in London, morgen in Paris, nächste Woche in New York. Vor ihrer Haustür würden heute keine Plätzchen stehen, denn die beiden waren schon gestern nach Gran Canaria geflogen. Weihnachten mit der Familie, nein, das ginge gar nicht, immer dieser Streit und dieses kleinbürgerliche Spießertum, hatte Caroline ihr anvertraut. Marie hatte nur genickt und nicht erwähnt, dass sie am vierten Advent wie immer zur Familienweihnachtsfeier bei ihren Eltern fahren würde.

Neben ihr wohnte die alte Frau Ludwig, deren Mann im Sommer gestorben war und die sie direkt auf einen guten

Tropfen zu sich eingeladen hatte, als das mit Merle passiert war. Frau Ludwig würde eine ganz besonders große Portion Bethmännchen bekommen.

Im Erdgeschoss lebte dann noch Herr Wagner. Seine Wohnung war die größte von allen. Einst hatte er dort mit seinen drei Kindern und seiner Frau gewohnt. Erstere waren seit Jahrzehnten ausgezogen und letztere schon so lange verstorben, dass Marie sie nicht einmal mehr bei ihrem Einzug vor fünfzehn Jahren kennengelernt hatte. Nun lebte Herr Wagner allein in der großen Wohnung, der größten im ganzen Haus. Und obwohl er immer schlechter zu Fuß wurde und seine Kinder ihm Jahr um Jahr den Umzug in ein Altersheim nahelegten, betonte er immer wieder, aus seiner Wohnung nicht ausziehen zu wollen. »Mich müssen sie einst mit der Bahre hier herausbringen. Vorher verlasse ich meine Wohnung nicht«, hatte er ihr einmal anvertraut. Er wohnte länger in diesem Haus als alle anderen und wenn ihn der liebe Gott nicht irgendwann einmal abberief, würde er noch hier wohnen, wenn alle anderen Nachbarn schon weggezogen waren.

Der Kurzzeitwecker schrillte und riss Marie aus ihren Gedanken. Die Plätzchen mussten aus dem Ofen. Vorsichtig holte sie das heiße Blech heraus. Die Bethmännchen sahen herrlich aus: Goldgelb und nicht eine Nuance zu dunkel – genau wie bei ihrer Oma früher.

Sie stellte sie auf dem Herd ab und schob die nächste Fuhre mit nur einem einzelnen Plätzchen hinein. Der Anblick nur eines Bethmännchens auf dem großen Backblech wirkte verwunderlich. Doch dafür gab es einen guten Grund. Denn dieses Plätzchen war für eine ganz bestimmte Person in diesem Haus bestimmt: Für den Mörder von Merle.

Der 20. September war ein lauer Herbstnachmittag und Merle kaum zu bändigen gewesen. Sie sprang an Marie auf und ab, das machte sie immer, wenn sie nach einem Spaziergang verlangte. Aber ihr Frauchen hatte an diesem Herbsttag keine Zeit für einen Spaziergang. Am Abend würde ein befreundetes Pärchen zu Besuch kommen und sie musste noch kochen. Es sollte einen Auflauf geben, der eine lange Backzeit hatte. Und wenn der Backofen an war, verließ sie grundsätzlich nie länger als fünf Minuten das Haus.

Trotzdem war es natürlich unmöglich, einem Hund, der Gassi gehen musste, dies zu versagen. Zum Glück hatte sie einen Garten oder besser gesagt, die Seibertstraße 95, in der sie wohnte, hatte einen Garten. Hinter dem Haus lag ein umzäuntes Rasenstück, das die sechs Hausparteien gemeinsam nutzten. Ursprünglich hatte dieses Gartenstück zu Herrn Wagners Wohnung gehört. Aber Herr Wagner war alt und weiter als bis auf seine Terrasse kam er nicht mehr in seinen Garten. So teilten sie das restliche Grundstück untereinander auf.

Zwischen den beiden Apfelbäumen hatte Herr Schubert eine Schaukel für Malte und Sophie aufgehängt. Lisa hatte sich in einer Ecke ein kleines Gemüsebeet angelegt und Frau Ludwig und Marie hatten gemeinsam eine altmodisch aussehende Hollywoodschaukel angeschafft. Jeder hatte in diesem Garten sein Fleckchen, das er hegte und pflegte. Nur Caroline und ihr Mann nutzten das kleine Rasenstück, das ihnen zugedacht war, nicht, aber sie waren eh nur selten da – und noch seltener gemeinsam.

In diesen Garten also brachte Marie Merle an besagtem Tag. Dort glaubte sie den Hund sicher. Während sie das Hackfleisch für den Auflauf anbriet, glitt ihr Blick immer wieder aus dem Fenster. Draußen tollte die Hundedame und bellte. Lächelnd beobachtete sie, wie Herr Wagner dem Mops ein Leckerli zuwarf. Das tat er öfter. Über die Jahre hatte er Merle ins Herz geschlossen, auch wenn er zunächst skeptisch gewesen war, als Marie nach der Trennung von ihrem Freund so plötzlich auf den Hund gekommen war. Nachdem das Gemüse geschnippelt war, ein erneuter Blick aus dem Fenster: Nun tobte der Mops mit Malte und Sophie.

Beruhigt wandte sie ihren Blick wieder ab und konzentrierte sich auf ihren Auflauf. Ein Fehler, den sie sich bis heute nicht verziehen hatte. Denn Merle war zwei Tage darauf tot. Schuld daran war eine Vergiftung mit Cumarin, sprich Rattengift.

Merle hatte sich einen Tag später auf dem Gehweg erbrochen und danach nichts mehr fressen wollen. Das hätte Marie schon stutzig machen müssen. Doch da der Mops dazu neigte, sich zu überfressen und dann alles wieder auszukotzen, ging sie davon aus, dass dies auch hier der Fall war. Merle hatte manchmal so ihre Tage, darauf durfte man nicht zu viel geben. Aber als sie den

Hund am nächsten Tag zur Gassi-Runde zwingen musste, wusste sie, dass etwas nicht stimmte. Sie vereinbarte beim Tierarzt einen Termin für den nächsten Tag und wartete ab.

Als Marie am späten Abend doch noch mit ihr in die Notaufnahme der Tierklinik fuhr, weil Merle schwer atmete, konnte man dort für sie nichts mehr tun. Spät in der Nacht fuhr Marie mit tränenverschleiertem Blick alleine heim. Merle war tot und sie verstand die Welt nicht mehr.

Drei Tage lang zermarterte sie sich das Gehirn, wie es zu diesem tragischen Unfall hatte kommen können. Denn natürlich hielt sie das Ganze zunächst für einen Unfall. Sie fragte bei den Schuberts, ob es Ratten im Garten gegeben hätte. Die Schuberts verneinten. Sie fragte Lisa, ob diese irgendein Gift gegen die Schnecken im Beet verstreut hatte. Aber nein, Lisa würde nie solch ein Gift in ihrem Beet verteilen, schon aus ökologischen Gründen nicht. Am dritten Tag beim Aufwachen wuchs eine schlimme Ahnung in Marie: Merles Unfall musste Absicht gewesen und es musste im Garten geschehen sein. Denn auf ihren gemeinsamen Gassi-Runden hatte sie immer genau darauf geachtet, dass Merle nichts vom Boden fraß, nachdem sie in der Zeitung einmal von vergifteten Hundeködern gelesen hatte.

Doch diese Erkenntnis warf für sie nur weitere Fragen auf. Wie sollte ein hinterlistiger Hundemörder in ihren privaten Garten gekommen sein, zu dem nur die Hausbewohner Zugang hatten? Und von denen hatten doch alle

Merle gemocht. Sophie und Malte hatten sogar extra Steine für ihr Grab im Garten bemalt und Herr Schubert hatte ein kleines Holzkreuz gezimmert. Und Lisa und Frau Ludwig hatten ebenso bitterlich um die Mops-Dame geweint wie sie. Blieben nur noch die Jetsetter und Herr Wagner. Aber bei Caroline konnte sich Marie nicht einmal vorstellen, dass diese wusste, wie tödlich Rattengift für einen Hund sein konnte, geschweige denn, wo man so etwas herbekam. Außerdem waren diese übers Wochenende mal wieder auf Shopping-Tour in Paris gewesen. Woher hätten sie wissen sollen, dass sie die Hündin ausgerechnet an diesem Wochenende unbeaufsichtigt im Garten spielen ließ? Mühlenscheidt und Riemen-Mühlenscheidt fielen also raus.

Blieb nur noch Herr Wagner. Derjenige, der zu Beginn am heftigsten gegen den Hund protestiert hatte und anfangs regelmäßig bei ihr geklingelt hatte, wenn Merle zu laut bellte. Außerdem war er es gewesen, der an diesem unseligen Nachmittag die ganze Zeit im Garten gewesen war, als der Hund dort spielte. Er hatte ihr sogar noch versichert, er passe für sie auf Merle auf. Von wegen! Er war es gewesen, der ihre Mops-Dame heimtückisch umgebracht hatte.

Doch wieso nur hatte er ihr all die Jahre etwas vorgespielt? Wieso hatte er nach den ersten Monaten des Schimpfens über den Köter der Hündin plötzlich Leckerlis angeboten und so getan, als mache ihm das Gebell mit einem Mal nichts mehr aus? So oft hatte er ein Leckerli für den Mops in der Tasche, dass Marie sich irgendwann um Merles schlanke Linie zu sorgen begann. Dass Herr Wagner immer noch einen Groll gegen den Hund hegte, hätte sie nie für möglich gehalten. Und wenn er ihn wirklich hatte loswerden wollen, wieso ausgerechnet jetzt? Nach zwei Jahren Stillschweigen? Wieso hatte er nicht einfach versucht, mit einer Beschwerde bei der Hausverwaltung ihren Auszug zu bewirken? Warum Mord?

Immer mehr wuchs in Marie der Verdacht, dass es Herr Wagner gewesen war. Er hatte Merle umgebracht und er hatte es auf die hinterhältigste und heimtückischste Art getan, nämlich indem er dem Hund vorgab, ihn mit einem Leckerli zu belohnen.

Solch ein Verhalten gehörte bestraft. Monatelang hatte sie überlegt, wie sie dies bewerkstelligen konnte. Natürlich hatte sie überlegt, Anzeige bei der Polizei zu erstatten, doch es schließlich doch gelassen. Sie glaubte nicht, dass ein Beamter ihren Verdacht gegen Herrn Wagner ernst genommen hätte. Sie hätten vermutlich argumentiert, dass der Hund das Gift auch draußen irgendwo hätte fressen können oder dass ein Passant das Gift über den Zaun hätte werfen können.

Doch das sah Marie anders. Denn vor dem Zaun standen hohe Bäume und Sträucher, die solch ein Unterfangen nahezu unmöglich machten und bei jeder Gassirunde hatte sie penibel darauf geachtet, dass Merle nirgendwo am Wegesrand etwas fraß. Es konnte also nur Herr Wagner gewesen sein. Nur er war an dem Nachmittag im Garten gewesen. Denn die beiden Kinder fielen ja selbstverständlich weg.

Doch wie sollte sie ihn nun bestrafen? Sollte sie sein Auto zerkratzen? Nein, das reichte als Strafe nicht. Sollte sie sich unter einem Vorwand in seine Wohnung schleichen und seine Tabletten vertauschen? Nein, das wäre zu banal und außerdem sehr riskant.

Es gab tatsächlich nur eine angemessene Art auf seinen hässlichen Mord zu reagieren und zwar mit einem ebenso hässlichen Mord. Und beim Durchblättern einer Backzeitschrift war ihr im November schließlich die Idee gekommen. Sie würde Plätzchen backen für alle Nachbarn. Sie würde das mehrere Wochen hintereinander tun, so dass niemand böse Absicht vermutete. Und dann am vierten Advent – genau einen Tag vor Weihnachten – würde in seinen Plätzchen Gift sein. Ein Gift, das schnell und effektiv tötete, so dass jede Hilfe zu spät käme.

Nun waren die Plätzchen gebacken: Frankfurter Bethmännchen, die mit ihrem süßen Mandelgeschmack das bittere Gift überdecken würden. Merle war an Rattengift gestorben, bei Herrn Wagner hatte sie Bella Donna gewählt. Denn entlang ihrer früheren Gassi-Runde gab es einige Sträucher und die Herstellung eines Giftes aus den Beeren war denkbar einfach, wenn man bereits andere Früchte schon mal entsaftet hatte. Es lag also nur nahe, sich dieser zu bedienen. Es wäre ein Mord wie aus einem Agatha-Christie-Krimi, nur dass er tatsächlich geschah und sie die Mörderin war. Mit zitternden Fingern verpackte Marie die Plätzchen gleichmäßig, nur in das mit

Sternen bedruckte Plastiktütchen kam obenauf noch das eine Giftplätzchen.

Sie hatte sich letztlich nur für eines entschieden, auch wenn dies die Möglichkeit bot, dass die Dosis nicht reichte. Aber es durfte eben nichts auf sie zurückverweisen. Nur wenn man in keinem anderen der Bethmännchen Gift fände, wäre sie aus dem Schneider. Also ein Giftplätzchen, nicht mehr. Es musste gelingen.

Mit wackligen Knien schlich sie durchs Treppenhaus und stellte die Plätzchentüten vor die einzelnen Türen. Es war schon später Abend und so war es ganz still im Hausflur. Trotzdem klopfte ihr Herz dabei so schnell, als hätte sie gerade einen Sprint hinter sich gebracht. Als sie alle Tüten verteilt hatte und wieder in ihre Wohnung zurück gekehrt war, warf sie erleichtert die Tür hinter sich zu. Nun würde das Schicksal seinen Lauf nehmen. Merles Mörder bekäme endlich seine gerechte Strafe.

In dieser Nacht schlief Marie unruhig und wurde von wirren Träumen heimgesucht. Daher erwachte sie am folgenden Adventssonntag erst relativ spät. Es fiel ihr nicht sofort ein, was heute anders war. Dann aber machte es Klick. Heute war der Tag, an dem sie die Rache am Mörder von Merle auskosten würde. Am liebsten wäre sie sofort aus dem Bett gesprungen, barfuß durch das Treppenhaus nach unten geeilt und hätte bei Herr Wagner geklingelt, um herauszufinden, ob er die Plätzchen schon gegessen hatte. Doch natürlich wäre dies äußerst verdächtig gewesen. Daher zwang sie sich, in aller Ruhe zu frühstücken, zu duschen, ihre Sachen für den Besuch bei ihren Eltern zu packen und erst danach wie zufällig mit ihrer Reisetasche an Herr Wagners Wohnung vorbeizuschlendern.

Scheinbar hatte man ihn noch nicht entdeckt. Jedenfalls war die Wohnungstür zu und vor dem Haus stand kein Kranken- oder Polizeiwagen. Aber wie auch? Es war ja erst eine Nacht vergangen und zudem – vermutlich würde man ihn erst nach den Feiertagen finden, wenn einer der Nachbarn sich wunderte, warum Herr Wagner seine Wohnung so lange nicht mehr verlassen hatte. Oder wenn seine Kinder und Enkel am ersten Feiertag zum obligatorischen Weihnachtsbesuch kamen. Das war durchaus wahrscheinlich, daher musste sie sich in Geduld üben.

Während sie vor der Haustür ihre Tasche ins Auto lud, traf sie Lisa, die ihr mit einer Tüte Brötchen ein wenig konsterniert entgegenkam.

»Hast du es schon gehört, Marie?«, fragte sie aufgeregt.

»Was?«, erwiderte diese bemüht ruhig. Also war doch schon etwas passiert und sie hatte es in ihrer Wohnung nur einfach nicht mitbekommen.

»Frau Maier ist tot.«

»Frau Maier?«

Nun konnte Marie ihre Überraschung nicht mehr verbergen. Frau Maier war die Nachbarin von gegenüber. Sie hatte wie Herr Wagner ihren Ehepartner schon früh verloren und besuchte ihn oft. Lisa und sie witzelten immer, dass die beiden heimlich ein Paar seien, aber dem war nicht so. Herr Wagner und Frau Maier waren einander zwar durchaus freundschaftlich zugetan, legten dabei aber eine solch steife Höflichkeit an den Tag, dass laut Lisa da in hundert Jahren nichts passieren würde. Vermutlich hätten sie eine Wiederheirat sogar als Verrat an ihren früheren Partnern empfunden. Zumindest bei Herrn Wagner vermutete Marie dies.

»Wahrscheinlich ein Schlaganfall. Ihre Tochter hat sie eben gefunden, als sie sie zum Weihnachtsbesuch abholen wollte. Frau Wagner hatte wohl das Telefon schon in ihren Händen, konnte aber den Notarzt nicht mehr anrufen. Vermutlich aufgrund der Lähmungserscheinungen. Jedenfalls ging kein Notruf von ihr ein. So erzählte es mir ihre Tochter ganz aufgelöst. Die Arme ist ganz fertig mit den Nerven«, klärte Lisa sie auf.

»Oh, die arme, liebe Frau Maier!«, rief Marie entsetzt aus. Eigentlich sorgte sie sich aber darum, dass es vermutlich Aufsehen erregen würde, wenn Frau Maier und Herr Wagner beide am selben Tag verstarben. In einem solchen Fall würde die Polizei quasi unweigerlich ermitteln.

»Ach was«, erwiderte Lisa nun kaltschnäuzig. »Natürlich hat sie es nicht verdient zu sterben. Aber sie konnte auch ein ganz schönes Biest sein.«

»Ein Biest?«, erkundigte Marie sich verwundert. Sie hatte nie erlebt, dass die alte Dame schlecht von jemandem sprach oder sonst irgendwie bösartig war. Sie war ein wenig streng, das schon, mehr aber auch nicht.

Außerdem erstaunte es sie, dass Lisa, die selten ein böses Wort über andere fallenließ, nun ausgerechnet von einer Toten Schlechtes redete.

»Ach, du weißt doch, wie herrisch sie sein konnte.« Lisa machte eine wegwerfende Handbewegung, die ihre vorigen Worte wohl herunterspielen sollte, aber bei Marie genau das Gegenteil bewirkte.

Sie wurde jetzt umso hellhöriger. »Trotzdem, Lisa, da ist doch noch was. Hat sie dir mal übel mitgespielt?«

»Mir nicht«, verneinte Lisa, »aber … ach, komm, jetzt ist es auch egal. Also, sie war es. Sie hat Merle auf dem Gewissen.«

Marie riss vor Schock und Überraschung die Augen auf.

»Frau Maier? Wie kommst du denn darauf?«

»Sie hat es mir gestanden«, sagte Lisa. »Es hat sie genervt, dass die Hündin am liebsten unter ihren Rhododendron ihr Häufchen gemacht hat. Natürlich hast du es immer sofort aufgelesen, aber sie war deswegen trotzdem stinkig. Dachte wohl, Merle macht das mit Absicht oder du lässt das bewusst zu. Dabei hast du sie immer dafür geschimpft und die Leine bewusst kurz gehalten, wenn ihr an Frau Maiers Haus vorbei seid. Und genau am Tag vor Merles Tod hattest du wohl den Hundehaufen unter dem dicht bewachsenen Rhododendron nicht ganz erwischt beim Auflesen. Vor Wut hat sie etwas Rattengift im Garten versteckt, als sie Herrn Wagner an diesem Tag Gemüse vom Markt mitbrachte. Sie hatte es wohl wegen einer früheren Rattenplage noch im Schrank und dachte, der Hund kommt dann drei Tage ins Krankenhaus und das war's. Sie war selbst ganz geschockt, als Merle starb. Drei Tage später hat sie es mir gestanden. Aber ich musste ihr hoch und heilig versprechen, dir nichts zu sagen. Sie meinte, es käme nichts Gutes dabei raus, wenn du es weißt. Das würde die Töle auch nicht mehr lebendig machen. ,Die Töle' – sie hat es in einem Tonfall gesagt, als sei Merle nur irgendein Kläffer gewesen. Einfach widerlich! Aber ich wollte dir nicht das Herz brechen und das wäre ja wohl passiert, wenn du gewusst hättest, dass jemand deinen Hund mit Absicht vergiftet hat. Also habe ich geschwiegen, doch ich habe mich ziemlich geärgert, dass sie mich so ins Vertrauen gezogen hat. Habe mich echt mies damit gefühlt, dir nichts zu sagen. Aber ich wusste halt nicht: Soll ich es dir sagen oder besser nicht? Ich hoffe, du bist mir nicht böse.«

Marie war derweil aschfahl geworden. Wenn Frau Maier ihre Hündin vergiftet hatte, dann hieß das unweigerlich, dass Herr Wagner es nicht gewesen sein konnte. Herr Wagner, den sie mit einem Alkaloid-Bethmännchen hatte vergiften wollen. Abrupt stellte sie ihre Tasche neben Lisa ab und eilte ohne ein Wort zurück ins Haus. Obwohl es nur wenige Meter bis zu Herr Wagners Wohnungstür waren, stand sie nun atemlos davor. Ihr Herz raste und ihre Hand zitterte, als die die Klingel betätigte. Was, wenn Herr Wagner ihre Plätzchen schon gegessen hatte? Was, wenn sie zur Mörderin an einem Unschuldigen geworden war?

Marie klingelte Sturm und wartete. Quälend lange vergingen die Sekunden, aber dann öffnete sich die Tür und

Herr Wagner stand vor ihr. Ein wenig überrascht sah er sie an.

»Frau Schulze, was machen Sie denn hier?«

Maries Herz hämmerte. Gott sei Dank, er lebte noch. Jetzt brauchte sie schnell eine gute Ausrede, ihn nach den Plätzchen zu fragen. Aber ihr fiel nur ein: »Ich wollte mich für die Weihnachtstage bei Ihnen verabschieden, Herr Wagner. Ich besuche heute meine Eltern und komme erst am zweiten Weihnachtstag wieder.«

»Oh, das ist ja schön, Frau Schulze. Ich wünsche Ihnen ein frohes Fest!«

Er war schon im Begriff, die Tür wieder zu schließen, als ihr einfiel, wonach sie fragen wollte, fragen musste. Die Plätzchen.

»Herr Wagner, da ist noch was. Ich glaube, ich habe die Plätzchen verdorben. Ich muss wohl das Salz mit dem Zucker verwechselt haben. Ich hoffe, Sie haben Ihre noch nicht gegessen.«

»Nein, nein, Frau Schulze, aber dann werde ich das gleich heute Nachmittag der Margarete sagen. Sie hat sich doch so gefreut. Nicht dass sie eine böse Überraschung erlebt.«

»Der Margarete?«

Maries Stimme war nun beinahe ein Flüstern. Oh nein, es war schlimmer, als sie dachte. Herr Wagner hatte ihre Plätzchen weiter verschenkt. Nun würde jemand sterben, der gar nichts mit dieser ganzen Sache zu tun hatte. Wie furchtbar! Sie schwor sich, nie wieder einen Mord zu planen. So etwas ging einfach immer schief. Das war schon in den Kriminalromanen so. Sie hätte es wissen müssen.

»Na, die Frau Maier von gegenüber. Sie kam gestern Abend noch auf einen kleinen Umtrunk vorbei. Und als ich sie zur Tür brachte, sah ich Ihre Plätzchen. Und da habe ich sie ihr mitgegeben. Wissen Sie, ich habe eine schlimme Nussallergie. Selbst Mandeln vertrage ich nicht.«

Im ersten Moment war sie ganz perplex. Eine Nussallergie, natürlich, an eine solche Möglichkeit hatte sie gar nicht gedacht. »Aber, Sie haben ... Sie haben sich doch immer für die Kekse bei mir bedankt. Hätte ich das gewusst, ich hätte Plätzchen ohne Mandeln gebacken ...«

Ihre Stimme brach ab, als ihr bewusst wurde, was es bedeutet hätte, hätte sie genau das getan. Voller Schreck hob sie die Hand vor den Mund.

»Nun schauen Sie mal nicht so!«, lachte Herr Wagner nun gutmütig. »Sie wollten mir ja nichts Böses und es war ja zum Glück bei allen Plätzchen leicht erkennbar, dass sie Mandeln enthielten. Auf den Bethmännchen und den Lebkuchen waren ja sogar sichtbare Mandelstücke. Also habe ich sie alle an Frau Maier verschenkt. Ich wollte nicht, dass Sie sich grämen. So eine schöne Idee mit den Weihnachtsplätzchen und dann ist da so ein alter Mann, der sie undankbar ablehnt wegen einer angeblichen Allergie. Ich dachte, das werden Sie denken. Und sehen Sie, ich hatte Recht. Ich sehe doch an Ihrem blassen Gesicht, dass Sie sich grämen.«

Marie nickte nur. Herr Wagner konnte ja nicht ahnen, aus welchem Grund ihre Wangen so bleich waren. Beinahe hätte sie einen unschuldigen Menschen getötet und das Einzige, was ihn gerettet hatte, war seine Nussallergie.

»Aber ich habe mich sehr gefreut und Frau Maier auch«, fuhr Herr Wagner jetzt fort. »Sie sagte mir gestern, sie wolle direkt vor dem Schlafengehen ein paar der Bethmännchen probieren. Und ich bin sicher, Sie haben ihr mit Ihren Plätzchen eine Riesenfreude gemacht. Sie hat zweimal gesagt, dass Bethmännchen ihre Lieblings-Weihnachtsplätzchen sind.«

Marie schluckte. Sie musste ein Grinsen unterdrücken, das sich heimlich auf ihr Gesicht schleichen wollte. Sie hatte es bereits geahnt, als Herr Wagner erzählt hatte, wie er alle Plätzchen an Frau Maier verschenkt hatte, aber es doch nicht ganz glauben können. Sie hatte Merles Mörder bestraft, diese fiese alte Schlange gerichtet. Sie hatte letztlich doch alles richtig gemacht.

Endlich fand sie ihre Sprache wieder. »Ja, das denke ich auch«, stotterte sie. »Nächstes Jahr werde ich Plätzchen ohne Mandeln für Sie backen, Herr Wagner. Ein frohes Fest Ihnen.«

»Ein frohes Fest auch Ihnen, Frau Schulze«, erwiderte der alte Herr, bevor er seine Wohnungstür schloss.

Einige Augenblicke lang stand Marie unschlüssig im Erdgeschoss, die Hand am Treppengeländer. Sie hatte einen Menschen getötet. Wegen ihr war Frau Maier jetzt tot. Das sollte sie eigentlich erschrecken und irgendwie tat es das auch. Aber gleichzeitig spürte sie eine diebische Freude. Sie hatte ihr Versprechen Merle gegenüber gehalten und ihren Mörder, nein ihre Mörderin bestraft. Vielleicht gab es doch so etwas wie Schicksal, wie ausgleichende Gerechtigkeit. Denn beinahe hätte es ja den Falschen erwischt und das wäre katastrophal gewesen. Einen Mörder zu töten – damit konnte sie leben. Nicht jedoch, wenn es doch einen Unschuldigen erwischt hätte. Aber das war ja Gott sei Dank nicht geschehen!

Mit wippenden Schritten und voller Vorfreude auf die Festtage stieg sie zu ihrer Wohnung im ersten Stock hinauf. Dort stand noch die Klapp-Box mit den Geschenken für ihre Eltern. Zum ersten Mal seit drei Monaten spürte Marie Schulze so etwas wie Erleichterung, man hätte es sogar einen tiefen Frieden nennen können. Vielleicht würde sie nach Weihnachten mal im Tierheim vorbeischauen. Nach den Feiertagen strandeten dort immer wieder ungeliebte Tiere. Auch wenn sie Merle nie vergessen würde, vielleicht war jetzt der Zeitpunkt gekommen, die Trauer zu überwinden und einem Findling ein neues Zuhause zu geben.

In der Weihnachtsbäckerei

Petra Stangier

Mona hatte jede Menge Backzutaten gekauft, darunter fünfzig Tütchen Backpulver und fünfzig Tütchen Vanillezucker, dazu große Mengen verschiedener Nusssorten, Mandeln, Marzipan, Zitronat, Orangeat, Rosinen sowie mehrere Pakete Kakao. Und bunte Streusel, obwohl diese längst nicht mehr so verschwenderisch von ihren beiden Mäusen benutzt wurden wie damals im Kindergarten. Sowohl ihre beiden als auch die gesamte Weihnachtsgästeschar würden auf keine einzige Plätzchensorte verzichten müssen. Obwohl Mona die Backorgien in der sonst so geliebten Adventszeit seit jeher verabscheute, würde sie auch dieses Jahr wieder jedes Rezept ihrer Schwiegermutter backen. Was tat man als Mutter nicht alles den Kindern zuliebe. Sie seufzte. Aber Ronja und Malte liebten dieses Ritual über alles.

Gute Mütter backten mit ihren Kindern in der Adventszeit Plätzchen, daran gab es nichts zu rütteln. Ein Klischee, dass sie nun schon so lange erfüllte. Bereits im Kindergarten hatte dieser Wahnsinn seinen Anfang genommen. Wie es sie schon damals genervt hatte, inmitten fröhlich kreischender Kinder und unter Aufsicht zumeist langweiliger Erzieherinnen gute Miene zum bösen Spiel machen zu müssen. Und weil es mit der richtigen Untermalung den lieben Kleinen besonders leicht von der Hand ging, zusammengematschte, mit bunten Streuseln bis zur Unkenntlichkeit verzierte Teigklumpen aufs Kuchenblech zu knallen, sangen alle Kinder der Bärengruppe in Endlosschleife Ralf Zuckowskis´ unbestritten größten Hit:

In der Weihnachtsbäckerei.

Inzwischen war Malte neun und Ronja elf Jahre alt. Doch zu Monas Leidwesen erklang in ihrer Küche noch immer dieser Kinderklassiker beim Backen. Und noch immer machten sich ihre Kids einen Mordsspaß daraus, das kleine Liedchen, das von verschütteter Milch und verloren gegangenen Rezepten handelte, mit schauspielerischen Einlagen auszuschmücken. Vor der Stelle ... und dann kommt das Ei ... vorbei ... gruselte es Mona regelrecht, denn so oft sie auch mit Abbruch der Backaktion drohte, gelang es ihrem Nachwuchs immer wieder, »versehentlich« ein Ei auf den Fußboden fallen zu lassen. Inzwischen ekelte sich Mona derart vom Anblick von rohem Ei auf ihren edlen Küchenfliesen, dass ihr übel wurde.

Und so geschah es erneut zur heiligen Zeit, dass sich Mutter, Tochter und Sohn als verschworene Gemeinschaft durch alle Rezepte kneteten und backten.

»Mama, dieses Jahr dürfen wir aber ausnahmsweise ein paar Plätzchen sofort probieren«, maulte Malte und sah sie aus großen Augen flehentlich an. »Bitte! Ausnahmsweise! Und auch nur eins oder zwei«, bettelte er und sein Blick hätte Gletscher zum Schmelzen bringen können.

»Nein, mein Schatz«, erwiderte Mona sanft, aber bestimmt. »Wir probieren die Plätzchen wie jedes Jahr erst mit der Familie und den Gästen am Heiligen Abend.«

Sie lächelte und begriff erneut, dass ihre Kinder viel zu schnell groß wurden.

Ronja warf ihrem kleinen Bruder einen tadelnden Blick mit hochgezogenen Augenbrauen zu, begleitet von einem fast erwachsenen Achselzucken. Große Schwestern neigten offenbar dazu, ihre kleinen Brüder ganz im Sinne der Mama erziehen zu wollen. Innerlich musste Mona darüber lachen.

In diesem Jahr hatte sie gehofft, dass die Kinder alt genug sein würden, dass sie einfach Plätzchen kaufen durfte. Das würde ihr eine Menge Arbeit ersparen. Aber ihr Nachwuchs wusste ganz genau, was er wollte. Selber backen! Mona konnte den Anblick der sich langsam mit Tränen füllenden, blauen Augen ihres Sohnes Malte nicht ertragen und kapitulierte daher, wie jedes Jahr, schon im Voraus.

Wenn sie ihren Sohn ansah, erkannte sie in seinen Gesichtszügen seinen Vater. Oh ja, Jörg konnte auch als erwachsener Mann noch ebenso enttäuscht dreinblicken wie sein jüngeres Ebenbild. Ihre Große kam mehr nach ihr, von Jörg war nicht viel bis gar nichts in ihrem hübschen Gesicht zu erkennen. Aber den Schalk im Nacken und die Beharrlichkeit hatte Ronja vom Papa geerbt. Und das war durchaus anstrengend.

»Also los, weitermachen«, spornte sie ihre beiden Nachwuchsbäcker an. »Heute wollen wir noch mindestens drei weitere Sorten schaffen. So eine große Kekstruhe wie unsere füllt sich ja schließlich nicht von alleine.«

Nur wenig später kam ihr Mann nach Hause.

»Du bist aber früh«, grinste Mona und sah Jörg verwundert an, doch der grinste nur und küsste sie. Sie musste doch überall Teig haben, im Gesicht, an den Haaren und an den Händen. Vorsichtig reckte sie ihre verklebten Hände weit von sich, um ihn nicht zu berühren und seinen Mantel zu bekleckern.

»Ich dachte mir, ich feiere heute und morgen einfach ein paar Überstunden ab. Dann kann ich euch endlich mal beim Backen all dieser Weihnachtsköstlichkeiten unterstützen.« Bei diesen Worten kniff er ein Auge zu.

Ja, Jörg kam viel zu selten so früh heim. Meistens sah er die Kinder nicht mehr vor dem Zubettgehen.

Entsprechend begeistert reagierten die Kinder, als er jetzt zu ihnen in die große, offene Küche kam, seine Jacke auszog, die Hemdsärmel hochkrempelte und auf Anweisungen wartete. In genau diesem Moment klingelte es an der Haustür.

Jörg ging hin und öffnete sie..

»Moin Eike«, hörte Mona ihren Mann mit kühl klingender Stimme sagen und erinnerte sich wieder an ihre Eierbestellung. Deshalb ging sie zu ihrem Mann in den Flur und stellte sich neben ihn. »Ich dachte schon, du hättest die Eier für unsere Weihnachtsbäckerei dieses Jahr vergessen«, sagte sie betont heiter. Als sie an Eikes Blick merkte, dass sie das besser nicht gesagt hätte, räusperte sie sich verlegen. »Wir wollen gerade mit dem zweiten Rezept anfangen«, sagte sie, mit mehr Vorsicht in ihrer Stimme.

»Nö, das vergesse ich doch nicht«, brummte Eike und schien pikiert zu sein. »Ich weiß ja, dass ihr für Weihnachten immer unheimlich viele Plätzchen backt. Hier«, sagte er und drückte ihr eine volle Palette mit Eiern in die Hände. »Dreißig Stück. Oder braucht ihr noch mehr?« Dabei mied er den direkten Blickkontakt mit Mona und schaute stattdessen in Richtung seiner Füße, die in derben Winterstiefeln steckten.

»Bist du so nett und bringst uns morgen noch einmal dreißig Stück, Eike? Sicher ist sicher.« Mona lachte. Es klang wie das Lachen einer Schauspielerin, einer sehr schlechten Schauspielerin.

»Okay, ich komm dann morgen Abend nochmal vorbei.« Die Stimme des Eierlieferanten krächzte. Stimmbruch. Ein Geldschein wechselte den Besitzer, nachdem Jörg in seiner Hosentasche gekramt hatte.

»Prima. Es geht doch nichts über legefrische Hühnereier. Dann noch einen schönen Abend, Eike.« Mit diesen Worten verabschiedete sich Mona betont locker von dem jungen Mann, drehte sich um und ging, die Eierpalette vorsichtig mit beiden Händen balancierend, in Richtung der offenen Küche. Einem Prachtstück von Küche, die sie und Jörg eine Stange Geld gekostet hatte.

Jörg schloss ungewohnt behutsam die Haustür, dann drehte er den Schlüssel im Schloss herum und kam ihr hinterher.

Mona blieb stehen und drehte sich zu ihm herum. »Warum magst du Eike nicht mehr? Früher hast du ihn ganz nett gefunden und Späße mit ihm gemacht.«

Ihr Mann atmete tief ein und stieß die Luft anschließend heftig wieder aus. »Immer wenn ich ihn anschaue sehe ich seinen Vater vor mir.«

»Aber da kann doch der Junge nichts für.« Mona sah Jörg fragend an. »Da müsste er dir doch eigentlich leidtun, oder?«

»Sollte es wohl ...«

Das Telefon klingelte. Mona stellte die Eier auf die Arbeitsplatte aus grauem Granit ab und nahm das Gespräch am Mobilteil an, während ihre beiden Kinder die Augen verdrehten, zur Küchenmaschine huschten und sie einschalteten. Die Knethaken durchpflügten mühelos den Teig. Mit genervtem Unterton in der aufgesetzt heiteren Stimme sprach Mona in den Hörer.

»Hallo Mutter, du rufst leider absolut ungelegen an. Wir sind gerade beim Plätzchen backen. Und wenn ich meine Kinder nicht schnellstens wieder beaufsichtige, nutzen sie garantiert die Gelegenheit und veranstalten mal wieder eine Riesenschweinerei.« Sie lauschte kurz, dann lachte sie ungekünstelt. »Du sagst es, Mutter, genau wie in diesem Lied«.

Wenig später konnte sie endlich den Hörer aus der Hand legen, um sich wieder ganz ihren Weihnachtswichteln zu widmen, die aus vollem Hals ihr Lieblingslied schmetterten:

»In der Weihnachtsbäckerei ...«

Am nächsten Tag kam ihr Gatte sogar noch früher heim, schon kurz nach Einsetzen der Dunkelheit. »Hallo, da bin ich«, rief Jörg gut gelaunt schon im Flur und wurde mit entsprechendem Jubelgeschrei von den Kindern begrüßt. »Heute helfe ich euch wieder beim Backen, wie findet ihr das?«

»Du kommst wie gerufen, Schatz«, entgegnete Mona mit matter Stimme. Ihr Mann sah sie besorgt an und sie schloss die Augen. »Migräne im Anmarsch«, murmelte sie leise. »Ich wäre dir unendlich dankbar, wenn ich mich ins abgedunkelte Schlafzimmer zurückziehen könnte, jetzt, wo du da bist.«

»Dann Abmarsch ins Bett, Süße. Keine Sorge, ich habe die Rasselbande voll im Griff.« Er setzte seine optimistischste Miene auf, als er ihrem zweifelnden Blick begegnete. »Dann haben diese Monster also wieder ein Ei extra fallen lassen?«

»Zwei«, entgegnete Mona, wie er flüsternd. »Das Flüssige habe ich nicht angefasst, sondern mit einem Kehrblech aufgenommen und mit den Eierschalen im Bio-Müll entsorgt. Aber es war trotzdem ekelig«. Sie schüttelte sich.

»Demnach komme ich wie gerufen.«

Mona war dankbar, dass er sie auffing, als sie plötzlich ins Taumeln geriet. Ihr Kreislauf war bei Migräne einfach eine Katastrophe.

Er stützte sie, während er mit ihr auf das Schlafzimmer zusteuerte. »Jetzt aber nichts wie ab ins Bett. Und mach dir keine Sorgen, wir kriegen das hin. Die Kinder sind ja inzwischen schon groß und das Familienrezeptbuch kann unmöglich ein Buch mit sieben Siegeln sein. Nur die CD von Ralf Zuckowski kann ich dir nicht ersparen, das weißt du ja, auch wenn wir die Musik gleich sehr, sehr leise stellen werden. Aber du kennst unsere Quälgeister, die werden sonst glatt eine Revolte anzetteln.«

Mona nickte kraftlos. »Heute müssen sie ausnahmsweise Mal mit gebremstem Schaum ihren Lieblingssong trällern.«

Nachdem er ihr ins Bett geholfen, ihr einen kühlen nassen Waschlappen auf die Stirn gelegt und die Jalousien heruntergelassen hatte, ging er zur Schlafzimmertür, die er auf ihren Wunsch hin offen ließ. Dann ging er rasch zu den Kindern in die Küche.

Durch die halb offene Tür die Szene beobachtend konnte sich Mona der Illusion hingeben, bei ihrer Familie zu sein.

Sie hörte, wie Jörg halblaut zu Ronja und Malte sagte: »Macht euch keine Sorgen, Mama hat Migräne. Und deshalb stellen wir die Musik jetzt auch ganz, ganz leise. Und ihr«, er sah sie streng an, »singt ausnahmsweise ebenfalls nur ganz leise mit, einverstanden?« Sie konnte sehen, dass die Kinder eifrig nickten.

In dieses stille Einvernehmen schrillte die Haustürklingel und ihr Mann hastete zur Haustür.

Sie vernahm Eikes Stimme, wie immer abgehackt und undeutlich. Und irgendwie verlegen, was nach den Vorkommnissen im Herbst nicht wirklich verwunderlich war. »Moin, ich bring den Eiernachschub. Dreißig Stück, wie gestern.«

Leise fragte Jörg: »Kostet einen Zehner, Eike?«

»Wie immer ein Zehner pro Palette.« Die Stimme des jungen Mannes klang noch dunkler als gestern und irgendwie tonlos. Dann schlug die Haustür zu und Mona vernahm seine rennenden Schritte auf dem Pflasterweg. Kurz darauf erklang dumpf das Zuschlagen der Haustür auf der gegenüberliegenden Straßenseite.

Sie versuchte zu dösen, auch wenn sie lieber die ganze Zeit von ihrem Bett aus ihren Liebsten beim Plätzchen backen zugeschaut hätte. Sie wusste, dass heute etwas kompliziertere Rezepte auf dem Backplan standen. Aber ihr Kopf pochte und dröhnte und ihr war übel. Sie musste sich unbedingt ausruhen!

Wie aus weiter Ferne trieben Geräuschfetzen an ihre Ohren, während sie still dalag und versuchte wahrzunehmen, was in ihrer Küche gerade vor sich ging. Irgendwann spürte sie, wie der Kater – einen anderen Namen hatten sie leider nie für ihn gefunden – auf ihr Bett sprang und sich an ihr Bein schmiegte. Instinktiv griff sie in sein eiskaltes, gestromtes Fell und begann ihn zu kraulen. Sicher war er stundenlang im Garten und auf dem angrenzenden Feld unterwegs gewesen. Seine Liebste, eine zarte hellgraue Katze mit wunderschönen, blauen Augen kam nicht wie sonst hinter ihm her.

Vermutlich lauert Minou in der Küche, dachte sie und gestattete sich ein Lächeln, was sie sofort bereute, weil ihr Kopfschmerz wieder stärker wurde. Die hübsche Minou ließ sich keine Chance entgehen wenn sie glaubte, es könne in der Küche ein Krümelchen für sie abfallen.

Mona vernahm leises Rascheln, was nur bedeuten konnte, dass man jetzt die Mehl- und Zuckertüten öffnete, um abgemessene Mengen in die Küchenmaschine zu füllen. Ob die Kinder wohl ihren Papa ausnahmsweise einmal von der Eiersauerei verschonen würden?

Offenbar war sie kurz eingenickt, denn sie schrak hoch, als die Knethaken in der Edelstahlschüssel so heftig rotierten, dass sie gegen das Metall der Schüssel klapperten. Nach und nach wurde der Ton tiefer, während die Knethaken mit dem immer schwerer werdenden Teig kämpften. Währenddessen sangen ihre Kinder leise ihr Lieblingslied:

»In der Weihnachtsbäckerei ...«

Mona öffnete kurz die Augen und schaute Richtung Küche. Da war sie ja, die Katze. Sie sah Minou in die Küche schleichen und zögernd neben dem amerikanischen Kühlschrank verharren.

Jörg lachte über den Eifer seiner Kinder, die mit abgemessenen Zutaten in kleinen Schüsseln dastanden und den im Werden begriffenen Plätzchenteig beobachteten, während sie im Flüsterton ihr Lied sangen.

»Und dann kommt das Ei.«

Alarmiert riss Mona die Augen auf. Sie sah, dass Jörg mahnend den Zeigefinger erhob und warnend mit den Augen rollte.

»Vorbei!«

Laut loslachend feierten Ronja und Malte ihren Sieg, als das Ei wie beabsichtigt auf dem Fliesenboden aufschlug und zersprang. Mona schloss entnervt die Augen und stöhnte. Gut, dass sich Jörg darum kümmern wird, dachte sie und war dankbar, dass der Anblick von zerflossenem Eiweiß und Eigelb ihre Übelkeit nicht noch verstärken würde. Noch einmal sah sie kurz zur Küche und bemerkte, dass Minou blitzschnell auf das auf dem Fliesenboden verlaufende Ei zuschoss und es genüsslich aufzuschlecken begann. Jörg schien sich zu freuen, dass die zarte Katze ihm einen Teil der klebrigen Aufräumaktion ersparte, denn er verscheuchte sie nicht.

Und dann überschlugen sich die Ereignisse.

Minou schleckte in dem einen Moment noch gierig das Ei auf, dann verzog sich im nächsten Moment ihr kleines, dreieckiges Gesicht. Sie stieß ein ersticktes Maunzen aus, krümmte sich, rang hechelnd nach Luft, um nur wenige Augenblicke später mit rollenden, sich nach oben verdrehenden Augen mühsam und keuchend schnell ein- und auszuatmen. Mit einem Satz sprang der Kater aus Monas Bett, weiter in die Küche, war an Minous Seite, stupste sie mit seinem Köpfchen wieder und wieder an und leckte ihr das blitzsauber geleckte Schnäuzchen, das nun hinter einer Fratze aus gebleckten Lippen und weit aufgerissenen Augen kleine, spitze Zähne erkennen ließ.

Mona hatte das Gefühl als würde sie einen Steven-King-Horrorfilm ansehen.

Die Kinder schrien entsetzt, pressten sich fest an Jörgs Beine und Mona stellte fest, dass Jörg und die Kinder, wie sie selbst auch, kaum zu atmen schienen.

Jörg starrte die sich auf dem Boden krümmende Katze an. Dabei kam kein Laut über seine Lippen, doch sein Kopfschütteln zeigte, wie wenig er verstand, was hier vor sich ging.

Schneller als Mona es sich zugetraut hätte war sie aus dem Bett gesprungen und eilte zu Minou. »Was ist denn los mit dir, Minou«, wisperte sie in das Dröhnen in ihrem Schädel. Sie verbot sich, laut aufzuschreien. Schwindel überkam sie und sie hockte sich neben dem Kätzchen auf den Boden. Ihre Kinder begannen zu wimmern, doch sie hatte nur Augen und Ohren für Minou, die sie sanft hochnahm und wie ein Baby an ihrer Brust wiegte.

Minous Augen waren halb geschlossen und sie hing weich in Monas Armen, während der Kater seine Liebste wieder und wieder mit dem Kopf anstupste oder sanft mit der Pfote nach ihr schlug. Der Atem des kleinen, zarten Stubentigers begann zu rasseln, dann vernahm man einen tiefen, seltsam kehlig klingenden Atemzug. Der Blick der schönen Minou brach. Die Zeit blieb stehen.

Minou war tot.

Ganz sacht beugte Mona ihren Kopf zu dem zarten Katzenkörper und legte das Ohr an den seidenweichen Bauch des Tieres, das nun schlaff in ihren Händen hing, alle Viere von sich gestreckt. Kein Laut war zu vernehmen. Mit rot geränderten, feuchten Augen schüttelte sie den Kopf und blickte ihre Lieben der Reihe nach hilflos an. Und im nächsten Moment begriffen ihre Kinder. Sie schrien. Nur ein paar Sekunden lang, dann verstummten sie beide im selben Augenblick und der Spuk hatte ein Ende.

Stille.

Niemand wagte, sich zu rühren.

Gevatter Tod war unter ihnen.

Es war der Kater, der den Bann brach. Mit einem Satz sprang er auf die Arbeitsplatte, erreichte mit einem weiteren Satz die Palette mit den Eiern und hieb mit seiner Pfote auf sie ein. Bis auf das leise Geräusch, als er die zerbrechlichen Schalen der Eier eine nach der anderen zertrümmerte, war nichts zu hören. Als endlich alle aufgeplatzt auf der Granitplatte lagen fegte er deren flüssigen Inhalt mit beiden Vorderpfoten mechanisch zu Boden. Das Ergebnis seiner Rache war eine Riesensauerei, wie sie sich in diesem Hause nie zuvor zugetragen hatte.

Und all das geschah bei geisterhafter Stille.

Endlich reagierte Jörg und sprang vor. »Kater, bist du wahnsinnig«, schrie er. »Hör sofort auf damit!« Entschlossen griff er nach dem rasenden Tier. Eine Sekunde später zogen sich drei dicke, blutige Schrammen von Jörgs ausgestreckter rechter Hand bis hoch zu seinem Ellenbogen.

Mit einem erschrockenen Aufschrei sprang er zurück und hielt sich den Arm.

Mona griff beherzt zu und sah sich seine Wunde an. »Nicht«, sagte sie leise, als er ihr den Arm zu entziehen versuchte. Energisch hob sie seinen Arm an ihren Mund und pustete auf die Wunde. Überrascht hielt ihr Mann still.

Die Wunden bluteten kaum. Sie konnte sich noch sehr gut an den Tag erinnern, an dem Malte als Dreijähriger im Fallen instinktiv versuchte, sich irgendwo festzuhalten und dabei ausgerechnet den Schwanz des Katers erwischt hatte. Im nächsten Moment hatte Kater fauchend die Krallen ausgestreckt und ihren Jungen damit am Knie erwischt. Sie war sich absolut sicher, dass die Kratzer damals stark geblutet hatten. Der Unterschied zu Jörgs Verletzungen konnte wohl kaum daran liegen, dass es die Wunden eines Erwachsenen waren und seine Haut altersgemäß fester. Mona schaute erneut genau hin. Die Schrammen zeigten keine glatten Ränder wie bei Verletzungen durch die Krallen einer Katze sonst üblich. Krallenverletzungen waren vergleichbar mit Schnitten, die von einem scharfen Messer her rührten. Jörgs Verletzungen hingegen wirkten leicht gewellt.

»Das sieht aber seltsam aus«, meinte Mona und sah ihrem Mann ins Gesicht, in dem der Schock über die jüngsten Ereignisse deutlich zu erkennen war. »Schau selbst.«

Jörg hielt sich den Arm dicht vor die Augen. Nach ein paar Sekunden des Schweigens schüttelte er mit einem irritierten Ausdruck in seinen Augen den Kopf. »Stimmt, das sieht wirklich irgendwie komisch aus. Als ob irgendetwas die Blutung stoppt«

»Lass uns ins Bad gehen, damit ich dich verarzten kann«, forderte Mona ihren Mann auf und nahm dankbar seine unverletzte Hand als sie merkte, wie wackelig sie auf den Beinen war. Dann erst realisierte sie, dass ihre Kinder sie beide aus weit aufgerissenen Augen anstarrten, jedoch keinen Mucks von sich gaben.

Mona zwang sich zu einem beruhigend wirkenden Lächeln. »Kinder, was haltet ihr davon, wenn ihr in eure Zimmer geht?« Sie strich Ronja und Malte mit einer tröstlichen Geste übers Haar und bemühte sich, ihre Stimme ruhig und dennoch entschieden klingen zu lassen. »Sobald ich Papa verarztet habe, kommen wir zu euch. Dann kuscheln wir miteinander und wenn ihr mögt, hören wir zusammen Musik oder ein Hörbuch. Wie wäre es zum Beispiel mit den drei Fragezeichen?«

In sowohl wortloser als auch seltener Übereinstimmung schüttelten ihre Kinder verneinend die Köpfe.

»Ach, meine Großen«, murmelte Mona, gab den beiden einen aufmunternden, kleinen Schubs in Richtung Kinderzimmer und wollte sich mit Jörg auf den Weg zum Bad machen.

Da machte sie eine seltsame Entdeckung. Sie blieb abrupt stehen. und zog ihren Mann neben sich. Gemeinsam schauten sie auf die Sauerei auf den Bodenfliesen.

In einem Umkreis von zwei bis drei Metern rund um die Arbeitsplatte bedeckte Eiweiß und Eigelb den Fliesenboden. Sah man jedoch genauer hin schien es, als würde das Eiweiß ganz fein blubbern, die Eigelbe jedoch nicht. Winzige Bläschen stiegen aus der glibberig gelblichen Masse an die Oberfläche und zerplatzten lautlos.

Ungläubig schüttelte Mona den Kopf. Das musste sie sich einbilden. Verwirrt drehte sie sich zu ihrem Mann um.

Und dann standen beide lauschend nebeneinander in ihrer Edelküche, beugten sich mit angehaltenem Atem tief zum Fußboden hinunter und lauschten. Ein paar Sekunden später blickte Jörg sie mit weit aufgerissenen Augen an. Dann nickte er ungläubig.

In wortloser Übereinstimmung entnahm Jörg einer der Ausziehschubladen ein großes Plastikgefäß mit Deckel, während Mona Wasser zum Kochen brachte. Als das Wasser kochte gab er ihr das Gefäß, damit sie es damit ausspülen konnte. Kräftig schüttelte sie anschließend die Flüssigkeit, so gut es ging, heraus, trocknete es jedoch nicht mit einem Geschirrtuch ab. Jörg hatte inzwischen einen großen Vorlegelöffel aus der Besteckschublade genommen und ihn ebenfalls unter das kochend heiße Wasser gehalten. Auch er trocknete den Löffel nicht ab, sondern schleuderte ihn nur ein paar Mal durch die Luft. Sie wussten beide, was zu tun war.

Eine gut bemessene Probe vom Eiweiß und einige der Eigelbe sowie ein paar Eierschalen landeten in dem nun annähernd sterilen Gefäß. Danach telefonierte Jörg mit seinem Handy. »Okay, ich denke, dass ich in einer halben Stunde bei euch sein kann«, sagte er, bevor er auflegte.

Mona seufzte. Sie wusste genau, was er vorhatte. Sie schaute nach dem Kater, der sich in das Katzenkörbchen nahe der Heizung zurückgezogen hatte. Er wirkte verstört. Sein blickloses Starren erinnerte Mona an Fotos, die gebrochene Menschen unmittelbar nach einer Katastrophe zeigen. Sie hatte sehr wohl bemerkt, dass er von dem für Katzen so köstlichen Inhalt der zerschlagenen Eier nichts angerührt hatte.

Das verstärkte ihren Eindruck, dass hier etwas nicht mit rechten Dingen zuging. Minou. Eine junge, kaum fünfjährige Katze ohne Vorerkrankung war tot.

Erst jetzt ging sie mit Jörg ins Bad, wo sie seine Kratzer zunächst gründlich desinfizierte und anschließend behutsam verband.

»Würdest du bitte schon mal zu den Kindern gehen«, bat Jörg sie. »Ich suche nur in der Garage rasch nach einem Karton.« Er schluckte hörbar. »Für Minou.« Monas Augenbrauen schossen in die Höhe. Leise fuhr er fort: »Danach bringe ich sie irgendwo in der Garage unter. Oder im Kofferraum meines Wagens. Hauptsache, die Kinder können sie nicht finden.« Er blickte mit feuchten Augen zu Boden. Mona berührte seine Hand mit leichtem Druck und nickte zustimmend.

Hastig sprach er weiter: »Wenn ich fertig bin, wische ich den Küchenboden auf und komme danach zu euch.«

Sie sah ihn dankbar an.

»Ich beeile mich, versprochen«, sagte er. Ihr Mann wirkte blass. Sehr blass sogar. »Meinst du, du schaffst das alleine mit den beiden Rackern?«

Es gelang ihr, halbwegs optimistisch zu klingen. »Solange ich nicht den Küchenboden aufwischen muss, ist alles gut.« Sie merkte, wie müde sie klang und gab ihrer Stimme einen etwas helleren Klang. »Gut, dann will ich mal zu unseren beiden Mäusen gehen.« Sie gab Jörg einen flüchtigen Kuss und machte sich auf den Weg zu Ronjas Zimmer..

Die Kinder zu beruhigen war nicht leicht. Dass Mona noch immer unter Migräne litt, machte die Sache nicht einfacher. Doch irgendwann lagen sie zu dritt auf dem schmalen Kinderbett. Malte und Ronja hatten sich in ihre Arme gekuschelt und waren eingeschlafen. Ab und an erklang noch ein tonloser Schluchzer, der mit der leisen Einschlafmusik verschmolz, die Mona für sie aufgelegt hatte.

Irgendwann schlüpfte Jörg ins Zimmer und betrachtete sie und die schlafenden Kinder mit einem zärtlichem Blick. »Minou liegt in meinem Kofferraum«, wisperte er. »Und auch die Plastikbox mit den Proben. Die Küche ist gewischt. Wenn es dir recht ist, fahre ich noch rasch zum Labor der Rechtsmedizin hinüber. Ist ja nicht weit. Ich habe bei denen noch etliche Gefallen gut und sie vorhin telefonisch informiert, wie du sicher mitgekriegt hast. Sie wissen also, dass ich noch reinkomme.«

Mona sah ihren Mann stirnrunzelnd an. Sein Gesicht erschien ihr starr wie eine Maske. »Ich mache so schnell ich kann«, versicherte er flüsternd. »Aber ich muss einfach wissen, was mit den Eiern nicht stimmt.« Auf ihr Nicken hin drehte er sich um und verließ leise das Zimmer.

Anscheinend war sie eingeschlafen. Mit einem Ruck fuhr Mona hoch, als sie auf der anderen Straßenseite die Stimme ihres Mannes und die von Eike vernahm.

»Wie konntest du nur, Eike.«

Vorsichtig stand sie auf, bemüht ihre Kinder nicht zu wecken. Sie zog sich ihre Hausschuhe und eine Jacke an, dann ging zur Haustür und öffnete sie. Jetzt hatte sie freien Blick auf die Szene, die sich vor dem Haus auf der anderen Straßenseite abspielte.

Vor dem Haus von Eikes Familie parkte ein Streifenwagen. Ein Uniformierter stand neben Jörg und Eike, die sich mit Blicken duellierten. Der zweite Uniformierte kam gerade aus dem Hühnerstall der Nachbarn. Er trug einen Kunststoffkorb in beiden Händen, aus dem durchsichtige Plastiktüten hervor lugten.

»Wie konntest du nur«, wiederholte Jörg und schüttelte den Kopf. »Was wäre passiert, wenn meine Kinder, meine Familie, meine Gäste die Plätzchen am Heiligen Abend gegessen hätten?«

Trotzig erwiderte der Bengel Jörgs Blick und kniff die Augen zusammen. Sein Blick wirkte gehässig. »Scheißbulle!« Nur dieses eine Wort. Dann wiederholte er es. »Scheißbulle!«

Offenbar hatte Eike sich losgerissen, als man ihn in den Streifenwagen hatte setzen wollen, denn die Tür hinter dem Beifahrer stand weit offen. »Das hättest du dir früher überlegen sollen«, fuhr er fort, »bevor du meinen Vater verhaftet hast. Das hat man davon, wenn man sich mit unserer Familie anlegt«, prahlte Eike und machte mit dem Kopf eine Geste in Richtung Mona. »Wenn uns ein Bulle blöd kommt und auch noch das Weihnachtsfest verdirbt, dann wissen wir uns zu wehren, kapiert?« Seine Stimme überschlug sich.

»Ach ja?« Jörgs leise Erwiderung klang sarkastisch und beherrscht. »Und warum gestehst du dann nicht einfach? Im Labor wurden die Reste der von dir gelieferten Eier untersucht. Sie enthalten Substanzen, die noch genau abgeklärt werden müssen. Aber auf jeden Fall konnte man diese nur mithilfe einer Spritze durch die Eierschalen ins Eiweiß einbringen. Und mein Kollege«, Jörg wies mit dem Kopf auf den sich nähernden Kollegen in Uniform, »hat gerade in eurem Schuppen einige Fläschchen mit undefiniertem Inhalt und eine benutzte Spritze sichergestellt.« Sein Lächeln wirkte freundlich, aber das täuschte. Mona ahnte, was kommen würde. »Ob sich darauf wohl deine Fingerabdrücke feststellen lassen?«

Mit Eike ging eine Veränderung vor, die sich Mona niemals hätte träumen lassen. Aus dem pubertären, unsicheren Burschen wurde ein gewaltbereit wirkender Mann mit vor Wut funkelnden Augen und Händen, die zu Fäusten geballt waren.

Man hörte, wie Eike Rotz hochzog. Dann spuckte er ihn Jörg wortlos vor die Füße.

Der beugte sich jetzt langsam vor, seine Stimme war ein eisiges Flüstern. »Dass ich deinen Vater festgenommen habe tut mir nicht leid, nicht eine Sekunde. Dir muss ich seine Karriere ja wohl nicht erklären, Junge.«

Er sah kurz zu ihr herüber. Ihre Blicke begegneten sich. Beide dachten das Gleiche: Dieser Idiot.

Jörg überließ Eike mit einem »Abführen« seinem Kollegen und kam auf Mona zu.

Zum ersten Mal gab es keine selbst gebackenen Plätzchen zu Weihnachten.

Eine irre Fahrt

Ashley Wood

Es ist schon erstaunlich, zu was Menschen fähig sind, wenn das Konstrukt ihres Lebens wie ein Kartenhaus plötzlich über ihnen zusammenbricht.

Unverschuldet bin ich da in etwas hineingeschlittert, was mich dazu zwang, Dinge zu tun, auf die ich nicht gerade stolz bin. Aber um die Wahrheit ans Licht zu bringen, gab es keine andere Option.

Verstehen Sie mich nicht falsch, ich bin nicht von Natur aus kriminell. Die Umstände haben mich dazu gebracht.

Nun bin ich am Ende meiner, nennen wir es Reise, angelangt.

Die Zielgerade.

Eine verdammt lange Zielgerade.

Auf besagter Reise habe ich einige zwielichtige Typen kennengelernt, darunter auch Tomislav. Er hat mich nach Istrien fahren. An den Ort, an dem alles begann. Man könnte auch sagen, es ist der Ort, der den Anfang vom Ende einläutete.

Die Apokalypse meines Lebens.

In Rovinj hatte ich meine Ausbildung gemacht und dabei Franko kennengelernt. Wir haben uns sofort angefreundet. Als meine Ausbildung vorbei war und ich nach Dubrovnik zurückkehrte, verbrachte er seine Urlaube immer bei mir in Dalmatien. Aus einmal jährlich wurden schnell drei-, viermal im Jahr. In den letzten Monaten war es alle vier Wochen.

Ich wusste, dass er etwas vor mir verheimlichte; ahnte, dass er ein krummes Ding am Laufen hatte. Ehrlich gesagt war es mir egal, ich hatte ja nichts damit zu tun – bis vor zwei Wochen jählings die Polizei an meine Tür polterte. Mein alter Kumpel hatte sich all die Jahre mit einem gefälschten Dokument ausgewiesen. Mit meinem Foto, meinem Namen und meiner Adresse! Das ging so lange gut, bis er bei einem Drogendeal seinen Geldbeutel liegenließ. Ich vermutete, seine Arbeit in Dalmatien war beendet und er hatte sein Portemonnaie absichtlich ... nennen wir es vergessen.

Ich konnte fliehen, musste mich jedoch unter dem Radar der Ermittler bewegen. Unverzüglich machte ich mich daran, meine Unschuld zu beweisen. Es gelang mir, Kontakt zu einem Privatdetektiv aufzunehmen. Einige Tage später erreichte mich die Nachricht, er hätte in Rovinj etwas für mich gefunden.

Ein Freund eines Freundes meines Freundes machte mich mit einem Drogendealer bekannt. Dieser war nur bereit, mir zu helfen, wenn ich für ihn zwei Päckchen auslieferte. Nun, mir blieb wohl oder übel keine andere Wahl. Nach getaner Arbeit – und ein paar Tropfen in der

Hose - war er bereit, mir einen Fahrer zur Verfügung zu stellen. Ein Rumäne ohne Zähne, ein dicker kleiner Typ, der eine Dusche offenbar noch nie von innen gesehen hatte.

Im Nuttenviertel von Zadar stoppte er und tätigte ein kurzes Telefonat. Wandte sich mir zu und meinte, in dreißig Minuten würde ich abgeholt von jemandem, der mich bis nach Istrien fahren könnte.

Argwöhnisch schaute ich mich um. »Du willst mich doch nicht etwa hier rausschmeißen?«

Mit einem durchdringenden Blick starrte er mich an. »Raus aus meinem Wagen.«

»In diesem Viertel? In der Nacht? Morgen ist Heiligabend, ich bitte dich.«

»Raus aus meinem Wagen«, wiederholte er sich und deutete auf seine Waffe. »Aber vorher«, er packte mich im Nacken und zog mich zu sich, »gibst du mir dein Geld.«

»Was? Ich ... ich hab' kein Geld.«

»Geld her oder ich mach dich kalt.«

Wollte der Typ mich gerade wirklich umbringen? Ihm mein Geld zu geben war unmöglich; das war alles, was ich hatte. Und den Privatdetektiv musste ich auch noch bezahlen. Wahrscheinlich müsste ich auch auf dem Rückweg auf die öffentlichen Verkehrsmittel verzichten und hätte erst mein Leben wieder, wenn ich den Stick den Polizisten in Dubrovnik übergab. Also brauchte ich die Kohle selbst. Ich nahm all meinen Mut zusammen, sprang wie ein Stuntman aus dem Auto und rannte in die nächste Gasse. Er rollte los.

Nun wartete ich in der winterlichen Kälte auf meine nächste Mitfahrgelegenheit. Tomislav hieß der Typ, und er sollte mich bis nach Rovinj fahren

Allein in diesem Nuttenviertel herumzustehen, mitten in der Nacht, war nicht gerade die Erfüllung meines Lebens. Und als ob das nicht genug wäre, peitschte mir der Regen ins Gesicht und der Wind, langsam aber sicher zu einer Bora mutierend, wehte mich beinahe davon. Die Kälte jagte mir eine Gänsehaut durch den Körper, da konnte auch die wunder-schöne Weihnachtsbeleuchtung in den Straßen nicht helfen. Ich war überrascht, auch in diesem Viertel legte man offenkundig Wert auf eine Festtagsbeleuchtung.

Endlich tuckerte Tomislavs grüner Yugo an. Erleichtert atmete ich aus. Die Rostlaube stoppte auf meiner Höhe. Ich öffnete die Beifahrertür und ließ mich in den Sitz fallen.

»Danke, dass du mich mitnimmst.«

»Hör mal, ich fahre nicht bis nach Rovinj«, sagte er, ohne auf mein Dankeschön einzugehen.

Verdammt! Ich musste dahin! Schmerzhaft zog sich mein Magen zusammen. Vereinbart war, dass er mich bis dahin mitnahm.

Wir rollten los und ich überlegte, wie ich es jetzt schaffen sollte, bis morgen früh in Istrien zu sein. Dieser Termin war die einzige Chance, meine Unschuld zu beweisen.

»Bis wohin kannst du mich denn mitnehmen?«

»Mein Dorf ist von Rovinj nur wenige Kilometer entfernt. Ein kleines, nettes Örtchen mit nur vier Häusern. Ein fünftes wird gerade gebaut. Dort zieht mein Neffe mit seiner Frau ein, wenn es fertig ist. Der Sohn meines Bru...«

«Hör mal, was mit dem Sohn deines Bruders ist, ist mir scheißegal. Du weißt, dass ich pünktlich ankommen muss. Wie soll ich das denn nur schaffen, verdammt nochmal?! Ich habe deinem Chef vierhundert Euro für die Fahrt gegeben.«

»Wenn ich sage, ich kümmere mich darum, dann kümmere ich mich auch darum. Ich habe mit meinem Bruder telefoniert, er wird dich morgen früh mit dem Traktor fahren.«

»Okay«, sagte ich zögerlich.

Die Böen rüttelten am Wagen, der Rosenkranz am Rückspiegel schwang. Der Regen klatschte gegen die Frontscheibe, die Scheibenwischer arbeiteten auf Hochtouren.

Ich schielte zu Tomislav. Er war nicht angegurtet, und mit seinem Gesicht klebte er fast an der Windschutzscheibe.

»Alles klar bei dir?«

»Was? Ja, ja. Alles bestens. Fragst du, weil ich mich so weit nach vorne lehne?«

»Mhm.«

»Ach, das liegt daran, dass ich nachtblind bin. Eigentlich darf ich nachts gar nicht fahren.« Ein kurzer Blick zu mir, dann wandte er sich wieder der Straße zu.

Ich schluckte leer.

»Aber keine Angst, ich bin diese Strecke schon oft gefahren, ich kenne sie auswendig. Sogar blind könnte ich sie fahren.«

Du *bist* blind, schoss es mir durch den Kopf.

Ich schickte ein Stoßgebet gen Himmel. Nach allem, was ich die vergangenen Wochen erlebt und auch überlebt hatte, sollte es so enden? Mit einem Irren, der weiß Gott was auf dem Kerbholz hatte?

»Und mein Schwager, der Sandro, der Mann meiner Schwester«, fuhr er launig fort, »der ist letzte Woche erst diese Route gefahren. Weißt du, er hat mir versichert, dass es keine Baustellen gibt. Keine Sorge, ich fahre nicht so schnell. Immer nur so, dass ich noch rechtzeitig bremsen kann.«

Na, das gab mir Sicherheit. Ich räusperte mich und schnaubte durch die Nase. Rang mir ein Lächeln ab und konzentrierte mich dann wieder auf die Straße. Vielleicht hatte ich Glück und könnte ihn rechtzeitig warnen, wenn wir doch auf ein unerwartetes Hindernis zufuhren. Meine klitschnassen Hände rieb ich an der Hose trocken.

»Morgen wird es nicht mehr regnen. Es soll auch ein wenig wärmer werden. Die Sonne wird den ganzen Tag scheinen. Leider ist von Schnee keine Rede. Mach ruhig die Augen zu und entspann dich. Schlaf etwas. Unsere Fahrt wird noch ein Weilchen dauern. Wegen des Regens kann ich nicht so schnell fahren, wie ich es eigentlich gerne täte, aber bis zum Tagesanbruch werden wir ankommen.«

»Nein, nein. Schon gut, ich bin nicht müde«, log ich.

Natürlich war ich müde. Verflucht noch mal, und wie ich müde war. Aber mein Leben war mir wichtiger als Schlaf, und es war Zeit, die Wahrheit zutage zu bringen. Also blieb mir nichts anderes übrig, als diese Fahrt zu überleben.

Ich kurbelte das Fenster einen schmalen Spalt herunter, zündete mir einen Glimmstängel an, wobei meine Augen keinen Wimpernschlag von der Straße wichen, und inhalierte angespannt.

Mein Kopf lehnte an der Scheibe und einen Moment lang verlor ich mich in meinen Gedanken. Morgen, Schlag neun, würde ich mich mit dem Privatdetektiv treffen, den ich vorausgeschickt hatte, um alles über Franko herauszufinden. Ich hoffte, dieser Typ war sein Geld wert. Er würde beim Franziskanerkloster auf mich warten.

Ein Zischen.

Ich zuckte zusammen, drehte mich zu Tomislav und sah, wie er eine Bierdose ansetzte. Das *Ožujsko* floss in einem Zug seine Kehle herunter, anschließend landete die leere Dose bei meinen Füßen.

Mit diesem Wahnsinnigen als Fahrer im selben Auto zu sitzen war verdammt nochmal schlecht für mein Herz. Mehr denn je fokussierte ich mich auf die Straße.

Mein Gott, da blinkte es rot!

»Stopp!«, brüllte ich.

Tomislav trat auf die Bremse, die Reifen quietschten. Ich krallte mich mit der rechten Hand am Türgriff fest, die linke bohrte sich in den Sitz.

Der Yugo stellte sich quer und kam vor dem Bahnübergang zum Stehen. Es war ein kleiner ohne Schranken. Erleichtert atmeten wir durch, da zischte der Zug auch schon in rasender Geschwindigkeit an uns vorbei.

»Heilige Scheiße!«, fluchte ich und schlug auf das Armaturenbrett.

»Ja«, prustete er, »du sagst es. Heilige Scheiße! Dieser verfluchte Regen hätte uns beinahe das Leben gekostet.«

Genervt zog ich an meiner Zigarette. »Den Regen trifft keine Schuld!«

»Ja, du hast recht. Das ist eine verdammt unübersichtliche Straße. Aber keine Sorge, wenn wir bei meinem Bruder angekommen sind, gibt's erst einmal einen selbstgebrannten *Šljivovic*.« Er langte hinter seinen Sitz und nahm ein weiteres *Ožujsko* hervor.

Ich schreckte aus dem Schlaf. Ein Blick Richtung Fenster verriet mir, dass der Morgen gerade zu dämmern begann. Das war eine kurze Nacht gewesen. Ich wusste nicht mehr wie, aber nach mehreren Nahtoderfahrungen waren wir irgendwann bei Tomislavs Bruder angekommen. Auf den selbst gebrannten Schnaps hatte ich dankend verzichtet.

Eine fast spürbare Stille schwebte über dem Haus. Die beiden Brüder schliefen ihren Rausch aus. Wollte ich auch gerne, aber ich musste nach Rovinj.

Nachdenklich stellte ich mich in die Fensterlaibung und starrte in den Neuschnee. Es war unfassbar, was Franko mir angetan hatte. Er hatte mir mein Leben genommen. Plötzlich war nichts mehr so, wie es einmal gewesen war. Aus mir war ein flüchtiger Verbrecher geworden, ich konnte nicht einmal mehr mit den öffentlichen Verkehrsmitteln fahren.

Um wieder klar zu werden, schüttelte ich mich und atmete einmal tief durch.

Tomislav hatte dreimal länger gebraucht als geplant – und am Ziel war ich auch noch nicht. Aber immerhin konnte ich mal wieder in einem Bett schlafen. Nur zwei Stunden, auf einer Matratze hart wie Stein, aber es war ein Bett.

Ich tapste in die Küche, trank ein Glas Wasser und machte mich dann auf den Weg. Schnellen Schrittes bewegte ich meinen übermüdeten Körper aus dem verschlafenen Nest. Es war eisig und die Schneeflocken mutierten zu matschigen Tropfen.

Die venezianisch geprägte Altstadt funkelte. Ich blieb stehen und hielt einen Augenblick inne. Man sah es mit dem stetig heller werdenden Tag nicht mehr so gut, trotzdem legte sich ein Gefühl des Glücks wie eine leichte Sommerdecke über mich. Es war wie ein Heimkommen.

Mein Rovinj.

Zumindest war es das einmal gewesen. Bevor mein Leben aus den Fugen geraten war. Als ich noch jung gewesen war – es war die unbeschwerte Zeit, bevor ich nach Dubrovnik gezogen war.

Ich setzte meinen Weg fort, passierte das Restaurant *Tutto Bene* und folge der Straße *de Amicis* zum Kloster. Wo sich im Frühling und Sommer die Touristen drängten, war jetzt kaum jemand anzutreffen. Hundebesitzer führten ihre Vierbeiner Gassi, im Mäntel eingehüllt, die Schultern hochgezogen.

Mit jedem Schritt, den ich mich der Abtei näherte, beschleunigte sich mein Puls.

Schlag neun.

Und da erschien er auch schon, Martin Horvat, der Privatdetektiv. Straff zur Seite gekämmte Haare, gut genährt, klein.

»Martin, bin ich froh, dich zu sehen. Ich hatte schon befürchtet, nicht bis hierher zu kommen.«

»Miro, du hast es tatsächlich geschafft.«

Wir standen uns gegenüber, musterten uns gegenseitig, ungläubig, dass wir beide den vereinbarten Treffpunkt erreicht hatten. Auch er hatte bei dieser Aktion viel riskiert. Aber im Gegensatz zu mir war das sein Job.

»Hast du den Stick?«

Schweigend nickte er.

»Gibst du ihn mir?«

Martin zauderte.

Ein verdammt ungutes Gefühl übermannte mich. »Martin?«

Sein Blick zog an mir vorbei.

»Was ist?« Ich drehte mich um, und was ich sah, jagte mir eine Gänsehaut durch den Körper.

Ein Mann richtete eine Pistole in unsere Richtung. Wer es war, konnte ich nicht erkennen.

Scheiße!

Zwei Schüsse.

Ein Schrei.

Martin lag am Boden.

»Martin!«

Ich kniete mich neben ihn nieder.

»Verdammt.«

Aus seinem Mund quoll Blut wie überschäumende Milch aus einem Topf.

»Martin, wo ist der Stick?«

Ich spürte, wie der Typ hinter mir näherkam. Ich konnte mich jetzt nicht umdrehen, zuerst musste ich den Stick haben.

»Hey, Martin, wo ist der Stick?«

»Ho...se ...«

Im Eiltempo tastete ich seine Hosentaschen ab. Auf der rechten Seite spürte ich etwas. Meine Hand glitt hinein und holte einen Stick heraus. Ich schnellte hoch, da drückte sich ein Pistolenlauf in meinen Nacken. Zumindest glaubte ich das, schließlich hatte mir noch nie jemand eine Knarre in den Nacken gedrückt.

»Aufstehen«, brummte es hinter mir. »Gib mir den Stick.«

Ich zermarterte mir den Kopf, ob das Frankos Stimme war. Der Mann, der hinter mir stand und Martin kaltblütig erschossen hatte. Verdammt, ich war mir nicht sicher. Wenn er es war, hatte er an Muskelmasse zugelegt. Seine

Stimme ... war es seine Stimme? Hätte gut sein können. Und wenn schon, was machte das für einen Unterschied?

»Ich sage es nicht noch einmal. Den Stick.«

Resigniert ließ ich den Stick aus meiner Hand fallen. Tschüss, Freiheit. Hallo, Tod. Meine Augenlider sanken, ich war bereit, zu sterben.

Ein Schuss.

Hinter mir hörte ich den Typen zu Boden fallen. Ich fuhr herum, schaute ihn an. Es war tatsächlich Franko.

Und wer zur Hölle nochmal hatte hier geschossen?

»Mein Freund«, erklang eine Stimme. »Wusste ich doch, dass du Hilfe brauchst. Weißt du, mein Bruder, der Dario, den kennst du ja. Der meinte, ich sollte dich nicht aus den Augen lassen. Da hat er wohl recht gehabt.«

Ich konnte es kaum glauben. Vor mir stand Tomislav. Ich hatte mir gewünscht, ihm nie wieder zu begegnen. Aber jetzt war ich verdammt froh, dass er hier war.

Meine Lippen formten sich zu einem Lächeln. Es war einfach unfassbar.

»Tomislav, Mensch, was machst du denn hier?«

»Dir den Arsch retten. Und das, obwohl du gestern nicht mit uns trinken wolltest. Weißt du, mein Bruder, der hat den *Šljivovic* ...«

»Selbst gebrannt«, vollendete ich seinen Satz.

Einen Augenblick schaute er mich an und ich glaubte, feuchte Augen zu erkennen.

»Gut, dass ich auf meinen Bruder gehört habe.«

»Dann bist du mir also gefolgt? Ich dachte, du schläfst deinen Rausch aus.«

Er ruderte wild mit den Armen. »Schlafen kann ich, wenn ich tot bin. Natürlich bin ich dir gefolgt. Mein Bruder, der ...«

»Du bist mir gefolgt, hast zugesehen, wie ich zu Fuß unterwegs bin, und bist nicht auf die Idee gekommen, mich zu fahren?«

»Na, hör mal, dann hätte der Überraschungseffekt gefehlt.«

Genervt rollte ich mit den Augen.

»Willst du sehen, was auf dem Stick ist? Ich habe meinen Laptop im Yugo.«

Oh Gott, der Yugo. Das Bild des blinkenden roten Lichts fuhr mir in den Sinn. Was für eine irre Fahrt!

Wir ließen die Toten hinter uns und ich folgte ihm zu seiner Rostlaube.

Am Boden der Beifahrerseite lagen nun zwei Dosen mehr und der Aschenbecher lief über.

Es dauerte eine Weile, bis sein Laptop hochgefahren war.

»Man muss Geduld mit ihm haben. Er ist schon elf Jahre alt. Aber erfüllt immer noch seinen Zweck.«

»Mhm.«

Ich befürchtete, dieses Ding hätte keine Anschlussbuchse für meinen Stick. Und totsicher war dieses Ding älter als elf Jahre.

»Ah, jetzt«, sagte er erfreut und schnappte den Stick aus meiner Hand.

Er versuchte es rechts und links, vorne und hinten. »Es tut mir leid, mein Freund, aber das wird wohl nichts.«

»Das habe ich mir schon gedacht.«

»Der Stick ist aber auch verdammt klein, kein Wunder, dass er nirgends passt.«

»Gibt es hier irgendwo ein Internetcafé?«, fragte ich.

»Was willst du denn in einem Internetcafé? Ich kenne viele Leute hier in Rovinj. Einer von denen wird schon was Passendes für den Stick haben.«

So schwangen wir uns in den Yugo, tuckerten los und ließen die zwei Leichen hinter uns.

Es war das orange Haus an der Promenade. Tomislav bugsierte sein Vehikel direkt vor der Haustür. Ich entstieg der Rostlaube und blickte die Gasse entlang. Schade, es war nicht mehr dunkel. Es wäre schön gewesen, die Lichterketten zu sehen. Aber ich war nicht hier, um winterliche Romantik aufkommen zu lassen.

Ich wurde aus meinen Gedanken gerissen.

»Miro, kommst du?«

Tomislav führte mich in die oberste Etage, schnaufte wie ein verendendes Mammut und zündete sich eine Zigarette an.

»Du merkst aber schon selbst, dass du Atemprobleme hast?«

»Das kannst du laut sagen, verdammt. Aber Luka, mein Freund, zieht bald in die unterste Etage.«

Meine Gedanken schluckte ich hinunter.

Wie wild hämmerte Tomislav gegen eine Tür. Die schwang auf, und ein verschlafener, langhaariger junger Mann stand vor uns.

»Tomi, was zum Teufel machst du denn hier?« Arg-
wöhnischer Blick zu mir. »Und wer ist das?«

»Das ist ein Freund. Miro. Und er muss wissen, was auf
diesem Stick ist.« Tomislav hielt den Stick in die Luft.
»Jetzt.«

»Ist ja schon gut, kommt rein.«

Versiffter ging es kaum. Ein beißender Mix aus Urin,
Alkohol, Rauch und Körperausdünstungen bahnte sich in
meine Nase. Ich unterdrücke einen Würgereflex.

Luka brachte einen Laptop in das Wohnzimmer.

»Setzt euch.«

Mein Kumpan sank in die Couch, ich stand lieber. Weiß
Gott, was ich mir hier alles einholen konnte.

Tomislav schob den Stick in die Öffnung. Eine Datei
jagte die nächste. Videos, Fotos.

»Öffne die Dateien, na los!«, brüllte ich nervös.

»Ja, ja, ich mache ja schon.«

Vor Spannung hielt ich einen Moment den Atem an.
Die feuchten Hände wischte ich an der Hose ab, während
meine Augen nicht vom Bildschirm wichen.

Eine Überwachungskamera hatte festgehalten, wie
Franko bei einem Drogendeal meinen Geldbeutel platzierte. Auf einem der Fotos sah man sein Gesicht, aber
nicht sehr klar. Entstanden bei einem Überfall. Fast am
Ende entdeckte ich ein Video, das meine Unschuld endgültig beweisen würde. Es zeigte ebenfalls den Drogendeal, der mein Leben wie ein Kartenhaus hat zusammen-
brechen lassen. Einmal drehte sich Franko zur Kamera.
Nun erkannte man ihn sehr gut.

»Woher hatte dein Typ nur diese Aufnahmen. Da muss er jemandem verdammt viel Geld bezahlt haben«, meinte Tomislav.

Ich zog den Stick heraus und verstaute ihn in meiner vorderen Hosentasche. Hier dürfte er nicht herausfallen.

»Jetzt bist du wieder frei, mein Freund«, lächelte er.

»Sag mal, eins wüsste ich noch gerne. Warum um alles in der Welt hast du das für mich getan?«

Er legte seinen Arm um meine Schulter. »Es ist Weihnachten, deshalb. Und heute Abend feiern wir bei meinem Bruder. Du bist herzlichst eingeladen.«

Seine Worte bewegten mich tief. Mit einer Umarmung bedankte ich mich.

Wir verabschiedeten uns von Luka und setzten uns in den Yugo.

»Oh, das wird ein Fest heute«, freute sich Tomislav, langte hinter seinen Sitz und nahm ein *Ožujsko* hervor.

Es zischte.

Ich schickte ein Stoßgebet gen Himmel, lehnte meinen Kopf an die Scheibe und lächelte. Dieser fremde Mann hatte mich vom ersten Augenblick an in sein Herz geschlossen.

»Weißt du, mein Bruder, der hat Selbstgebrannten.